私を愛して下さい

西村京太郎

JN030306

集英社文庫

目次

十津川警部シリーズ

私を愛して下さい

第一章　「ある墓碑銘」

1

四月四日。女性の声で一一〇番があった。自分の知り合いの男性に用事があって、この三日間連絡を取ろうとしているのだが、相手が出ない。心配なので調べてほしいという内容だった。

男性の住所は、京王井《けいおうい》の頭《かしら》線の新代田《しんだいた》駅から五、六分の所にあるマンションの八〇二号室。そこに住む、菊地文彦《きくちふみひこ》、三十五歳だという。

地元の警察がそのマンションを調べに行った。下北沢《しもきたざわ》駅の周辺は最近、若者の街として有名になったこともあって、賑《にぎ》やかだが、一つ先の新代田駅は静かである。

駅から歩いてすぐのマンション、「ヴィレッジ新代田」は、八階建ての中古マンションだった。一一〇番してきた女性の話によると、そのマンションの最上階の八〇二号室、そこに住んでいる筈《はず》の菊地文彦と連絡が取れないというのである。

警察がエレベーターで上がってみると、確かに八〇二号室には「菊地」と書かれた小さな表札がかかっていたが、ドアには鍵がかかっているため、管理人を呼んで、ドアを開けてもらった。

「菊地さん、菊地さん？」

と、警官が、中に向かって呼びかけたが、返事がない。

「失礼しますよ」

と、わざと、大声を出しながら、二人の警官は部屋に入っていった。

女性の話では、菊地文彦は、２ＬＤＫの広い部屋に一人で住んでいるという。入口を入ってすぐの所が洋室になっていて、そこには、絨毯《じゅうたん》が敷かれていた。居間として使っているらしい。

中を覗《のぞ》いた二人の警官が一瞬、言葉を失った。鶯色《うぐいすいろ》の絨毯の上に男が一人、血まみれになって倒れていたからである。

声をかけたが、返事はない。動く気配もない。警官の一人が手首に触れ、脈を測った。もう一人は、心臓に耳を当てている。

が、脈はなく、心音も聞こえてこない。

「死んでいる」

年嵩《としかさ》の警官がいい、急いで署に連絡を取った。

「問題の菊地文彦と思われる男性が、マンションの部屋で倒れて死んでいます。現場の状況から殺人の可能性が高いと思われます。すでに死亡してから二十四時間以上経《た》っていると思われますので、前日の四月三日以前に事件が発生したようです」

こうして長い事件捜査が始まった。

2

死体は司法解剖に送られ、その結果、刺し傷が三十一ヶ所あることが判明した。その半分以上が上半身に集中していたが、心臓に達するような深い傷はなかった。したがって、死因はショック死であろう。それにしても、殺人は殺人である。

警視庁捜査一課の十津川《とつがわ》班が、この事件を担当することになり、被害者・菊地文彦の住んでいた新代田のマンションに向かった。

初動捜査班が、死体を司法解剖のために大学病院にすでに送っていたが、それでも部屋の絨毯には、はっきりと血痕が残っていた。

現場を撮った写真が、十津川に何枚も渡された。

被害者の菊地文彦は、ガウン姿で犯人を迎え入れたものと思われる。犯人に後ろを見せた瞬間、ナイフでめった刺しにされて死んだのだろう。

「被害者の菊地文彦は旅行作家で、テレビ局や雑誌社に頼まれて、日本全国を旅行していたようですね」

と、亀井《かめい》がいった。

「私は、この人に会ったことはないが、名前は知っていた」

十津川はいい、続けて、

「最近、被害者が書いた『小さな歴史見つけた』という本が面白くてね、読んで感心した」

と、自宅から持って来たその本を、亀井に見せた。

「小さな歴史、ですか」

「大きな歴史を書くことは誰にも簡単にできるが、小さな歴史を書くことは難しい。多くの人が、見過ごしてしまうからね。だが、小さな歴史が集まって大きな歴史になり、それが世界を動かすという主旨で、この被害者は旅行先で、小さな歴史を探し出しては書いていた。それが、やたらに面白かったんだ」

と、十津川がいった。

若い日下《くさか》刑事が、

「本多《ほんだ》まさみさんが見えています」

と、十津川に声をかけた。

「本多さんというのは、一一〇番してきた人だね？」

十津川はいい、マンションの前に停《と》めてあるパトカーの中で、彼女に話を聞くことにした。

十津川が聞くと、本多まさみは以前、被害者の菊地文彦と結婚していたが、四年前にお互いの都合で別れた。それでも、付き合いだけは今も続いていたという。

「二日前から菊地さんと連絡が取れなくて、それが心配で、一一〇番されたそうですね？」

と、十津川がきくと、

「今度二人で一緒に書いた本を出すことになって、その連絡で四月の二日から電話をしていたんですけど、彼のスマホにも繋《つな》がらなかったんです。それで心配になって一一〇番したんです」

と、まさみが答える。

「菊地さんは、いつもすぐ電話に出る人ですか？」

「ええ、そうです。今もいったように、今年中に一緒に書いた本を出す予定で、細かい打ち合わせがあって、何回か電話をかけています。いつもなら必ず出てくれていたんですけど、今回だけは出ないし、彼の持っているスマホにも繋がらないので、それで心配になってしまって」

　と、本多まさみがいう。

「司法解剖の結果では、菊地さんは、すでに四月の一日頃に殺されていたと思われるのですが、何か心当たりはありませんか？」

　と、十津川がきいた。

「いえ、心当たりのようなものは別にありません。ただ、強いていえば、彼は日本中を旅行していて、何か事件があったりした場所に行くと、そのことを一生懸命になって調べて、『小さな歴史見つけた』というタイトルの本を書いていました。ですから、ひょっとすると、そのことが原因になっているのかもしれません」

「まだ詳しくは、調べていませんが、マンションの部屋からスマホは見つかっていませんし、カメラもなくなっているようです」

　そういった後、十津川は、本多まさみにも、犯行現場となった八階の部屋に入ってもらうことにした。

　まさみは刑事たちと一緒に、２ＬＤＫの部屋を見て回っていたが、十津川に向かって、

「彼がいつも使っているプロ用のカメラ二台とスマホ、それからパソコンがなくなっています」

　と、いう。

「最近、菊地さんが、どの辺りを、旅行していたか、わかりますか？」

　十津川がきいた。

「本人に確認はしていませんが、東日本大震災のあと、どうなっているのかをもう一度見に行きたい。大きく見るのではなくて、小さな所がどうなっているのかを知りたいと、いっていたのは覚えています」

「それについて詳しいことはわかりませんか」

　十津川がいうと、

「確か、先月の三十日頃に、東日本大震災の跡を探しに宮古《みやこ》から入るといっていました。宮古までは、交通が回復しているので、宮古から入って、北に向かって進んでみる。そういっていたんです。だから、三月三十一日には、宮古にいたと思います。私はその話も聞きたくて。それに、さっきもいったように、一緒に出す本についても相談をしたくて、電話をしていたんです」

「宮古に行ったことは、間違いないんですね？」

「間違いないと思います」

「旅行というか、取材の時、菊地さんはいつもカメラを持って行かれましたか？」

「商売道具ですから、プロ用のカメラを一台か二台、どこに行く時も必ず持って行った筈です」

と、まさみが答える。

十津川が、殺された菊地文彦の足跡を追って、宮古に行くことを考えていると、まさみが、

「彼の歩いた跡を、調べてみたいので、私も明日、宮古に行ってみようと思っています」

と、いい、十津川は、同行を約束した。

東京駅で落ち合い、亀井刑事も入れて三人で、新幹線で北に向かった。盛岡から宮古まで行く山田線《やまだ》が、まだ全線復旧していないので、十津川たちはタクシーを利用して宮古へ向かった。途中の道路もところどころが修復中だった。そんな景色を見ながら、十津川たちは宮古に着いた。

宮古の近くには、浄土ヶ浜《じょうどがはま》という景色の美しい海岸がある。十津川は、大震災の前にも来たことがあったので、ひょっとすると菊地も来たのではないか、そう思って、二人を誘って浄土ヶ浜に行ってみた。

前に来た時には、浜は多くの観光客で溢《あふ》れていた。

それが、今日はひとりもいない。全くの無人の浜だった。ただ、美しいだけになってしまった浜である。

もう一つ。海鳥もたくさん来ていて、観光客が餌付けしていたのだが、その賑やかな

海鳥の声も聞こえない。餌《えさ》を与えてくれる人間がいないので、海鳥も敬遠してこの浜には寄って来ないのだろう。

仕方なく十津川は、前に来た時に使ったホテルに向かった。ホテルも一時クローズしていたのだが、ここに来て再度オープンしたらしい。

三人で、ロビーでコーヒーを飲む。十津川がフロントで菊地文彦の写真を見せ、最近、この人物が来なかったかを聞いてみると、フロント係の一人が、

「確か、三月の末だったと思いますが、お見えになりましたよ」

といった。

「ここに泊まったんですか？」

「いえ、ロビーで一休みされてから、姫川村《ひめかわむら》には、どうやって行けばいいのかと、お聞きになりました」

と、フロント係がいった。

「ヒメカワ、ですか？」

「ええ、そうです。お姫様の『姫』に、三本川の『川』に『村』です」

といい、フロント係は、周辺の地図を取り出して、親切に教えてくれた。地図には、確かに「姫川」という地名があった。

「有名な村なんですか？」

十津川がきくと、

「いえ、何の特徴もない、小さな漁村ですよ。人口は六百人くらいですかね。ただ、あの東日本大震災で村全体が被害に遭って、村民の皆さんがバラバラになってしまって、今、姫川村がどうなっているのか、私にもわかりません。菊地さんには、そうお答えしました」

「ここから遠いんですか？」

「そうですね。北に向かって、車で一時間くらいでしょうか。とにかくあの辺は、地震とその後の津波でほとんどやられてしまっています」

と、フロント係がいった。

3

十津川は、本多まさみに「姫川村」という地名を示して、

「『姫川村』というこの地名を、菊地さんから聞いたことがありますか？」

「いいえ、一度もありません。宮古へ行くということは電話で聞きましたが、姫川村という名前は、初めて聞きました。彼は、そこへ行ったんですか？」

「それはわかりません。フロント係の話では、姫川村というのは小さな漁村で、人口は

六百人ぐらいだそうです。今回の東日本大震災の地震とそれに伴う津波で、壊滅的な被害を受けた村だと、いっていました」

「そんな小さな村に、菊地さんは、なぜ興味を持ってわざわざ訪ねて行ったんでしょうか？」

と、亀井が、いう。

「何か、小さな歴史を発見したんじゃないかな。だから、その実態を詳しく調べようとして、三月の末にこの宮古に来た。しかし、その後、突然亡くなってしまった」

と、十津川がいった。

「ぜひ、その姫川村に、行ってみたいと思います」

まさみは、強い口調で、いった。

十津川たちはホテルで情報を集めた後、タクシーを呼んでもらい、姫川村へ向かうことにした。だが、小さな村である。ホテルでも、ほとんど、姫川村の情報は集まらなかった。

姫川という川の川沿いにある村で、太平洋岸の小さな漁村だといわれる。人口は六百人ぐらいで、姫川寺という寺があって、その寺を中心として村が出来上がっているという。今回の東日本大震災で、地震とその後の大津波によって、多くの死者と行方不明者を出し、姫川寺の住職も行方不明になり、海岸の近くにあった墓地は、地震と津波で完全に潰れてしまったということだった。

村の死者は二十一人。行方不明者も何人か出ていた。村人たちは、高台の仮設住宅で生活していて、ここへ来て村を去っていく人が増えたともいうが、全て噂《うわさ》である。

とにかく現地に行ってみないとわからない、ということで、十津川たち三人は、地元のタクシーで、ホテルから六十キロほど北にある、姫川村へ向かった。

南北に走る国道だけは辛うじて復活し、車は往来しているが、国道を囲む周辺の景色は荒涼としたものだった。特に、国道の東、太平洋側は、ほとんど何もなくなって平らになってしまっている。町や村があった所は、家屋が消えてしまい、ところどころに、地震で壊れかけたコンクリートの建物が、ポツンポツンと残っているだけだった。

新しい防波堤を造る作業も見られるが、果たしてそれが、村や町の復興に役立つものかどうか、タクシーから見た限りでは、判然としない。安心して住めるかどうかわからないからだ。

およそ一時間余り走った後で、

「右手を見て下さい」

と、運転手がいった。

「たくさんの墓石が見えるでしょう？　あの辺りが昔、姫川村の姫川寺があった所ですよ。地震で墓石が全てなぎ倒され、そのうえ住職が行方不明になってしまいましてね。

現在はそのままになっています。あのあたりが姫川村です」

地震と津波が襲った姫川村。村が消え、残った墓石たち。その時には一斉になぎ倒されたに違いないが、村人たちが必死で引き起こしたのだろう。

といっても、元の位置に戻っているものはなく、一ヶ所に寄りかかるようにして固まっている。中には、横になったままのものもあるし、ぶつかって欠けてしまったものもある。墓地というよりも墓石群といったほうがいいかもしれない。第一、寺自体は、跡形もないのだ。

さらに目を内陸側に向けると、高台にはいまだに仮設住宅が、何軒も残っているが、人の気配が感じられない。

疲れ切って、仮設住宅の中で休んでいるのか、それとも、村人たちは、再建をあきらめて、どこかに立ち去ってしまったのか。

「とにかく、ここで降りよう」

十津川は、二人を促した。

タクシーを帰してから、ゆっくりと、墓石の群れに向かって歩いていった。一面に雑草が生えて、荒野である。

何もないと思って歩いていくと、建物があったらしく、基礎のコンクリートだけが残っていた。

寺があった場所に足を踏み入れる。そこはまるで古墳のように、墓石だけが互いにもたれかかるようにして立っている。村の中心だった姫川寺が、あったに違いないのだが、その寺は消えてしまっている。たぶん、この辺りが寺の墓地だったのだろう。垣根も塀もない、ただ雑草が生い茂った場所に、墓石だけが残っているのだ。

自然に重苦しい気分になってくる。墓石のせいではなくて、その場所の空気そのものが、重いのだ。二つに割れて、横たわっている墓石もある。

「○○家之墓」という文字が痛々しい。

「菊地さんは、本当にここに来たんでしょうか？」

周囲を見回しながら十津川が、まさみにきいた。

「わかりません。最後に彼と電話で話をした時、宮古の名前はいっていましたけど、この姫川村のことは、何もいっていませんでしたから」

と、まさみは、繰り返す。

前を歩いていた亀井が、立ち止まっていった。

「面白いものがありますよ」

少し離れた所に、コンクリートの塊が、小さな山を作っていた。そこには明らかに、大きな石碑のようなものが立っていたのだ。それが、地震と津波で壊された、いや、地震で倒れた後、何者かが細かい石の塊に砕いてしまったのだ。

（いったい、何があったのだろう？　なぜ、地震と津波で倒れたものを、わざわざさらに強い力で粉々に砕く必要があったのか？）

その違和感が、逆に十津川を惹《ひ》きつけた。

小山のようになっている石の塊を、一つ一つ調べていく。

「石碑の上部だったと思われる塊がありましたよ。何か文字が彫ってあります」

と、亀井がいった。

そこには、

「列」

という文字が、彫ってあった。

その大きさや、石の塊の多さから考えて、ここにはたぶん、高さ三メートルはあろうという大きな石碑が立っていたものと思われた。

「列という文字の上に、何か模様が付いていています」

まさみがいった。

「それはたぶん、家紋ですよ。日本の家にはそれぞれ家紋がありますから、その列が人名なら、その模様はその人の家の、家紋でしょうね」

と、十津川はいった。

「これと同じ家紋を見たことがありますよ」

と、亀井がいった。

「確か、鷹《たか》の羽《はね》のぶっ違いという家紋ですよ。浅野内匠頭《あさのたくみのかみ》と同じ家紋です」

少しずつだが、ここに立っていたと思われる石碑が何だったのかが、わかってくるような気がした。

しかし、この砕け散った石碑に、殺された菊地文彦が、興味を持っていたかどうかまでは、わからない。

破片の大部分は、意地になって叩《たた》き壊したのではないかと思われるほど細かく粉砕されてしまっているので、彫られた文字を読むことは、難しかった。

高台にある仮設住宅に移っている村人に話を聞いてみようと、三人はそちらに行ってみることにした。

国道を越えて、高台に上がって行く。仮設住宅は全部で二十棟ぐらいだろうか。

しかし、近づいても人の気配はなく、妙に、静かだった。仮設住宅の入口の所に、「姫川村」と書かれた標識が立っていた。やはり村の人たちは、こちらの仮設住宅に移っていたのだ。

だが、どうして人の気配がないのだろうか？　一番手前にあった仮設住宅を覗いてみたが、そこにも人の気配はない。他の仮設住宅も同じようなものだった。

すでに、どこかに引っ越してしまったのか。ジャンパー姿の中年の男が、こちらに近づいてきた。手に懐中電灯と、鍵の束を持っていた。

「姫川村の方ですか？」

亀井が声をかけた。

「いや、違いますよ。県庁の災害課の人間です」

と、相手がいう。

十津川が警察手帳を見せると、相手も滝川《たきがわ》と書かれた名刺をくれた。立ち話もおかしいということで、その災害課主任の滝川が、仮設住宅の一軒を開けてくれて、そこに入って話を聞くことにした。

十津川は、滝川に向かっても、菊地文彦の名前を出して、

「この人物が、県庁に顔を出して、姫川村のことについて聞いていませんか？」

と、きいてみた。

「私には、その名前に記憶はありませんが、男の人の声で何回か、電話で姫川村についての問い合わせがあったことは聞いています。確か、三月の中旬頃からだったと思うのですが、三回か四回、同じ人の声で問い合わせがあったので、現在、姫川村の人たちは村が消えてしまって、高台の仮設住宅に住んでいるから、何か知りたいことがあるのなら、そちらに行って調べたらいいでしょうと、そう答えたそうです」

と、滝川はいった。

「三月の中旬頃からですか？」

十津川が念を押すと、

「そうです。その頃から同じ人が何回か電話で、姫川村のことについて聞いてきたそうです」

滝川も繰り返した。

それはたぶん、菊地文彦だろう。彼は三月の中旬頃から姫川村について関心を持ち始め、調べていたのだ。

だが、姫川村の人たちは三月下旬で仮設住宅を出なければならなくなって、仮設住宅から姿を消した。そこで、菊地は三月末に宮古にやって来て、仮設住宅を出た姫川村の人たちが、どこに行ったのかを聞いて回ったに違いない。

そして、殺された。だが、なぜ？

「海側にある、姫川村のお寺にある墓地なんですけど」

と、本多まさみが、滝川にきく。

「あそこで大きな石碑が壊されて、粉々になっていたんです。破片の一つに『列』という文字だけが見えました。この『列』というのが何を意味しているのか、おわかりでしょうか？」

「あの寺に、巨大な石碑があったことは事実ですが、どうやら戦争中に造られたもののようで、今の県庁の職員は、ほとんど知らないみたいですよ。私も、もちろん戦後の生まれですから、どういう石碑だったのかは全く知りません。それに、今度の地震と津波で壊れてしまいましたから、なおさら、わからないんじゃないですか」

滝川は、無責任なことをいう。

「しかし、どう見ても、あれは地震と津波だけで壊れたんじゃありませんね。地震で倒れたかもしれませんが、その後、何者かが、粉々に砕いてしまったんだと思います」

十津川が食いさがった。

「そうですか。しかし、造られたのは戦争中の話ですから私もわからないし、県庁の人たちも知らないんじゃありませんか？」

と、相変わらず無責任なことをいう。

「『列』という字の上に、鷹の羽の家紋があったんですが、あの家紋は姫川村の人たちの、誰かの家紋ですか？」

亀井がきいた。

滝川は、小さく手を横に振って、

「それはありません。姫川村の人たちは『早瀬《はやせ》』姓がほとんどで、早瀬一族と呼ばれています。その早瀬家の家紋は鷹の羽じゃありません。下《さが》り藤《ふじ》ですよ」

これは、はっきりと、滝川がいった。

「その、早瀬一族について詳しい人を知りませんか？」

　十津川がきいた。

「そうですね……」

　と、滝川は少し迷った表情を見せた後で、

「郷土史家の先生が詳しいと思いますよ。そうだ、時々地元のテレビに出てくる先生がいるんですよ。野々村更三《ののむらこうぞう》という名前で、郷土史家としては有名です」

「どこへ行けば、その野々村という先生に会えますか？」

「確か、仙台市内で、本屋をやっている筈です。特に、歴史関係の古い本を専門に扱っている店です。場所はわかりませんが、そこを訪ねて行けば野々村更三さんに会えるんじゃありませんか」

　と、滝川は教えてくれた。

「野々村先生ですね。本屋の名前も同じですか？」

「そうですね。確か、野々村書店だった筈です」

　と、滝川はいってから、

「郷土史家というのは、頑固な人が多いから気をつけたほうがいいですよ」

「例えばどんなふうに？」

「まあ、仙台・宮城といえば『伊達《だて》』ですけど、伊達政宗《まさむね》のことを嫌いな郷土史家もいますから」
滝川が、初めて笑った。

4

十津川たちは、仙台市内へ向かった。その車の中で、十津川は、あまり嬉《うれ》しそうな顔をしていなかった。

東京で、菊地文彦が殺されたのは、現代の犯罪である。その捜査をしているのに、なぜかは知らないが、どんどんと昔の話になっていく。そのことが十津川には、不満だったのだ。不安でもあった。

仙台の電話帳で調べると、「野々村古書店」という店が載っていた。仙台の盛り場の、東五番丁である。東五番丁でも古い家並みの多い所で、通りも狭い。そんな所に、野々村古書店があった。古本屋というよりも古書店という響きのほうが似合っていて、店内には仙台の、というよりも、伊達藩の古い文書や地図などが収められていた。

奥に老人の姿があって、客の姿はなかった。十津川が挨拶し、東京で起きた殺人事件の関連で姫川村の早瀬一族について話を聞きたい、というと、老人は、

「それ、真面目な話ですか？」

と、聞き返す。

いかにも頑固そうな感じの男である。

「もちろん、真面目な話です。ぜひ、早瀬一族についてどういう一族だったのか、それに現在、仮設住宅を出て、村民の皆さんがどこへ行ったのか、それも教えていただきたいのです」

十津川が、丁寧に答えると、

「それでは、反対側の通りに回って下さい。そこに、野々村茶房という店がありますから、そこで待っていてもらえませんか」

「カフェですか？」

亀井がきくと、老人はムッとした顔になって、

「カフェではありません。野々村茶房ですよ」

三人は、いったん店を出て、反対側の通りに回ってみると、確かに、

「野々村茶房」

という看板の出ている店があった。

その店にも人の気配がない。店内に入って行くと、奥から、野々村老人が出てきた。

どうやら、この野々村茶房は、奥で野々村古書店と繋がっているらしい。

「どこでもいいから座って下さい。今から美味《おい》しいコーヒーを淹《い》れますから」

と、奥で、コーヒーを点《た》て始めた。

そんな立ち居振る舞いも、いかにも頑固者だという感じで、十津川たちはおとなしくコーヒーが出てくるのを待った。

十分近く経ってから、ようやく十津川たち三人分のコーヒーと、自分のコーヒーを淹れて、ニコニコしながら野々村がテーブルにやって来た。

その笑顔を見て、十津川は少しばかりホッとした。どうやら、この郷土史家は、早瀬一族について聞かれることを、あまり苦にしていないように感じたからである。

早瀬一族と、姫川村についての質問は主として本多まさみがすることになった。十津川も彼女に任せて、自分は聞き役に回った。刑事に聞かれるよりも、野々村老人も、話しやすいだろうと思ったのだ。

十津川の思った通り、野々村老人はまさみの質問に答える形で、自分の知っていることと、調べたことを話してくれた。

「伊達家に滅ぼされた大名が、いくつかありました。早瀬一族が仕えていた宇津木《うつぎ》藩も、その一つです。三万石という小さな藩でしたが、この地方では古い歴史のある大名ということができるでしょうね。その宇津木藩で、早瀬家は外様の家老として仕えていました。他の藩に仕えていた一族ですが、その藩が潰れてしまったので、宇津木藩に仕えるようになったのですが、家老となった早瀬の人々は優秀な人材が多く、宇津木藩では外様ではありましたが、重く用いられていたといわれています。結局、宇津木藩は伊達政宗に潰されてしまったのですが、その後の早瀬一族は伊達藩に仕えることはなく、姫川の川辺に一つの集落を作って独立した形で、その後の明治・大正を迎え、昭和を迎えました。それだけ自尊心の強い人たちだということができます。昭和になってからは、太平洋岸に小さな漁港を造り、漁業と農業の両方をやっていました。今もいったように、自尊心が強くて独立心も強い。早瀬一族としての名を挙げ、将来は、宇津木藩を復興する。そんな夢を抱いていたといわれていました。宇津木藩は、三万石の小藩でしたが、それなのに水軍を持っていた。その水軍の将が早瀬一族だったのですよ」

と、野々村が、熱を込めて、いった。

「東北で水軍というのは珍しいですね」

横から、十津川がいった。

「確かに珍しいし、東北の藩で水軍を持っているのはおかしいいんじゃないかという人もいますよ。水軍というと、だいたいが瀬戸内海で活躍していた水軍の話が多いんです。しかし、その昔、北海道から酒田《さかた》・新潟などを経由して大坂に物資を運ぶ、いわゆる『北前船《きたまえぶね》』というのがありましてね。だから、東北に水軍があったとしてもおかしくはないのです。宇津木藩では、早瀬一族が酒田港を押さえていて、その酒田港を中心に水軍で富を得ていた。そして、今もいったように伊達政宗の時代に、宇津木藩は滅ぼされてしまうんですが、残党は残っていた。明治維新の時に薩長《さっちょう》連合の新政府軍と会津《あいづ》東北の連合軍が、いわゆる会津戦争を始めた時に、宇津木藩の残党、それに早瀬一族も加わって薩長連合の新政府軍に味方し、奥羽連合と戦って宇津木藩、あるいは早瀬一族の復興を図ったのです」

「それは成功したのですか？」

今度は、亀井がきいた。

「結果的に、奥羽連合は敗北しましたから、薩長連合のお偉方は、宇津木藩の復興を考えました。一時、宇津木藩が甦《よみがえ》るかもしれないと考えられましたが、例の廃藩置県でそれが駄目になってしまった。それでも、昔の人は執念深いというのか、昭和になっても延々と、復興を考えて努力を続けていたんですよ」

「それは、無理なんじゃありませんか？　伊達に滅ぼされた後、一時的に、よくなったとしても、廃藩置県で駄目になったわけですから」

「確かにそうですが、例えば早瀬一族は一族の復興をこんなふうに考えていました。明治になって、新しい軍隊組織ができた。世界を真似《まね》て陸軍を作り、海軍を作った。当時の西欧の軍隊というと、士官以上はほとんどが貴族の出身で、兵士は一般庶民の出身者が多かった。つまり、海軍でいえば提督とか元帥とかは、貴族しかなれなかった。ところが、日本の場合はその点、妙に民主的で、一般の庶民でも貧乏人でも、頭さえよければ、例えば海軍兵学校に入って、そこを優秀な成績で卒業して、その後、海軍大学校に入れば、海軍大将にもなれたし、提督にもなれた。そこで早瀬一族は、その道を求めたんですよ。特に、姫川村の村長の先祖は、水軍の将だったから、村長の早瀬家では優秀な男子が生まれたら、絶対に海軍兵学校へ進ませ、そして、海軍大学校を優秀な成績で卒業させて提督になってもらう。それがすなわち、水軍だった早瀬一族の復興ではないかと考えたのです。ところが、なかなか男子に恵まれなかった。大正になってから娘が生まれて、早瀬セツと名づけられましたが、この娘が美人で頭もよく、早瀬一族としては、男でないのは残念だが、この娘に一族の復興を託しました」

「しかし、女では、戦前の海軍兵学校、海軍大学校を出て、日本海軍を率いる提督にはなれないでしょう？」

本多まさみが、首を傾《かし》げると、野々村は肯《うなず》いて、

「確かにその通りです。その娘が美貌の持ち主で頭がよかったことから考えられたのが、優秀な海軍士官の青年に嫁がせようということでした。できれば婿に来てもらえれば、その優秀な青年が日本海軍を率いる、例えば東郷平八郎《とうごうへいはちろう》のような提督になるかもしれない。自然に、早瀬一族の復権にもなる。それはまた宇津木藩の復権でもある。早瀬一族はそう考えて、あらゆる縁故を頼って、娘のセツに相応《ふさわ》しい若い海軍士官を捜した」

と、続けた。

「早瀬村長を始め、姫川村の人たちは、村長の娘のセツに早瀬一族の復権を賭けたんですよ。無理をして借金をし、若いセツを東京にやり、東京の女学校に入学させ、若い海軍士官が出入りするような所へ、努めて顔を出すようにさせました」

「それで、うまくいったんですか？」

と、本多まさみがきく。興味津々という顔だった。

「それが、うまくいきました。昭和十六年頃、正確な月日まではわかりませんが、東京で早瀬セツ、当時十七歳は、三浦広之《みうらひろゆき》という海軍兵学校七〇期の若くて優秀な士官と知り合って恋に落ちたのです。この三浦広之は、海軍兵学校を首席で卒業し、海軍大学校に行き、そこも首席で卒業ともなれば、将来の海軍大臣、軍令部総長は間違いないといわれていました」

「軍令部総長って、何ですか？」

と、まさみがきく。

「陸軍でいえば、参謀総長です。陸大や海大を優秀な成績で卒業すれば第一線には派遣されずに、中央にいて、陸軍あるいは海軍全体の作戦を練ったり、命令を出せたりする。それが軍令部総長ですよ」

「陸軍省とか海軍省とは別なんですか？」

「日本の特別な組織といいますか、これは統帥権といって、後の太平洋戦争の時に問題になるんですが、陸軍省・海軍省は天皇直属ではなく、総理大臣の下で、兵員の数を何人にするとか、予算の獲得とかが主な仕事で、日本の軍隊全体の作戦は、参謀本部や海軍軍令部で作るのです。その参謀本部と軍令部は天皇直属といわれていて、陸軍省や海軍省よりも権限が強かった。つまり、海軍でいえば、軍令部が出した作戦は天皇が立てた作戦と同じだから、海軍省も海軍大臣も、それに反対はできなかった。そういう組織が日本にはあったのです。これが統帥権です。海軍の軍令部には、今いったように、海軍大学校で首席、あるいは三番以内といったような優秀な人間が集まって、日本海軍全体の作戦を作っていた。それが日本海軍の強さでもあったし、同時に、弱点でもあったわけです。村長の早瀬や姫川村の人たちは、早瀬セツと婚約した三浦広之が、てっきり海軍軍令部へ行くと思っていました。あるいは、海軍大学校へ進むと思っていたのに、海軍の新しい主力になりつつあった航空のほうに行ってしまった。航空機のパイロットですよ」

「格好いいじゃありませんか。海軍ならゼロ戦でしょう」

「ところで、三浦広之は、第七〇期海兵卒業で、昭和十六年ですが、その七〇期は、運命的な卒業生といわれているんだが、その理由はわかるかな?」

と、野々村は、まさみを見た。

「昭和十六年ですか?」

と、まさみは、首を傾げた。

「昔流にいうと、紀元二千六百一年だ」

「ますます、わかりません」

「私は、わかりますよ」

と、十津川が、助け船を出した。

「昭和十六年十二月八日に、太平洋戦争が始まっているから、十六年といえば、太平洋戦争の海兵卒ということになりますね」

「その通りです。良くいえば、太平洋戦争の花形になるべく予期された七〇期といえるし、戦争の苦労を背負わされる運命の七〇期ともいえるんです」

「でも、二人は、結婚したんでしょう？」

と、まさみが、きく。

「しましたよ。海兵を首席で卒業した青年士官と美人の結婚だから、新聞も取り上げました」

野々村は、古新聞のコピーを出して、見せてくれた。

昭和十七年（一九四二年）四月の新聞である。

まだ、太平洋戦争の初戦で、日本軍が、勝利に酔っていた頃である。

そこに、間違いなく、三浦広之と早瀬セツの結婚式の写真が載っていた。

早瀬セツは、日本的な花嫁姿、三浦広之は、海軍士官の正装である。

新聞の見出しも戦勝気運を反映して派手だった。

未来の海軍提督と美しき花嫁
連合艦隊司令長官からも祝電

「この時、三浦広之は、海軍航空隊で、猛訓練中だった。今、私たちは、太平洋戦争が敗戦で終わったことを知っているから、この結婚式に、不吉な予感を抱くんだが、この時、海軍は、ハワイ、マレー沖の大勝利、陸軍は、シンガポール、ビルマ（現ミャンマー）、仏印（フランス領インドシナ）と、次々に占領して、そのうちに、ドイツと日本で、世界を二分して支配するみたいな妄想に酔っている時ですから、この二人の結婚式も盛大だったといわれています」

「どんな新婚家庭だったんですか？」

と、まさみが、女らしい質問をする。

「それはわかりませんが、関《せき》大尉という名前を、ご存知か？」

と、野々村が、きく。

「わかりません。私は、三浦海軍士官と、早瀬セツさんのことを知りたいんですけど」

と、まさみは、少し、むっとした顔で、きいた。

彼女が、今、知りたいのは、三浦広之と早瀬セツのことであり、その二人と、殺された菊地文彦が、どう関係があるのかということなのだ。

「関大尉という名前は、知っていますよ」

と、代わりに、十津川が、いった。もちろん、十津川も、戦後生まれだが、担当する殺人事件が、時には、太平洋戦争、特に、戦争末期の世相に関係があることがあって、自然に太平洋戦争について、調べる機会があるからだった。

「関大尉は、確か、カミカゼ特別攻撃隊、正しくは神風《しんぷう》特別攻撃隊敷島《しきしま》隊の隊長で、航空特攻として、最初に敵艦に体当たりした人でしたね」

「その通りです。実は、関大尉は、海兵七〇期で、三浦広之とは、海兵の同期生で、興味があるのは、同じように航空に行き、同じく結婚したことです。関大尉については、何冊か本が出ているので、それを読めば、三浦大尉と早瀬セツのことも、ある程度、想像できると思いますよ」

と、野々村が、いい、『軍神関大尉』と題した本を、貸してくれた。

第二章　烈女の墓

1

関大尉（二階級特進して死亡の時は海軍中佐）の本は、何冊か出ているが、最初の特攻隊員ということで、書かれていることの大部分は、特攻の歴史の中の関大尉であって、彼の家庭についての部分は、どの本も短い。

それは、当然だった。

第二次世界大戦（日本では太平洋戦争）は、全世界を巻き込んだ戦争だった。主な国として、日本、ドイツ、イタリア、アメリカ、イギリス、フランス、中国、オランダ、ポーランド、ソビエト（ロシア）、オーストラリアが戦っているが、特攻に志願し自らの命を絶って、敵を倒すという戦術をとったのは日本だけである。

絶対の独裁者ヒトラーの下で戦ったドイツでさえ、特攻はなかった。

決死の戦いは命ぜられたが、死ねという命令はなかった。

決死は九死一生であって、十死〇生の特攻とは全く違う。

その特攻を、日本は考え実行した。

人間が人間に、死ねと命令したのである。戦争中といえども、こんなことが許される筈がない。

戦後になって、当然、なぜこんなことが許されたのかが、問題になった。

したがって、関大尉の本も、特攻とはいったい何だったのかという問題提起が大部分を占め、関大尉個人の部分にしても、彼が特攻を承知した前後の苦悩が書かれていて、彼の家庭生活についての見方は、自《おの》ずと短かった。

それでも、十津川たちは、その部分を拾い集めて、何回も読み返した。まさみは、殺された菊地文彦との関係を知りたくてであり、十津川と亀井は、事件捜査のためだった。

2

関行男《ゆきお》大尉は、大正十年（一九二一年）八月二十九日、愛媛県新居《にい》郡大町村大字大町、現在の西条《さいじょう》市栄町《さかえまち》で生まれた。

背が高く、元気な子供だった。

背が高かったことは、関大尉の敷島隊が昭和十九年十月二十五日に出撃する時、フィリピンのマバラカット西飛行場で、特攻の生みの親といわれる大西《おおにし》中将と決別の盃《さかずき》を交わす写真が残っていて、その隊員たちの中で、隊長の関大尉が、ひときわ長身だから、よくわかる。

母親の名前は関サカエだが、行男が出生の前後は、あまり幸福ではなかった。

サカエは、男に騙《だま》されて、行男を産んでしまったのである。サカエは、たまたま出会った関勝太郎《かつたろう》という男との間に、行男を産んだ。その時、サカエ、二十三歳、勝太郎は三十八歳だったが、男は大阪に妻子がいたのである。しかも、男子三人である。

だから、男は、なかなかサカエを入籍しなかった。

それでもサカエは、子供を産んだ。それが行男である。

サカエは、生活に不安を感じていたが、行男が四歳の時、関の籍に入れた。が、サカエのほうは、旧姓の小野《おの》のままだった。

行男が中学生になった年、関勝太郎は、ようやく妻と別れたので、サカエの姓も小野から関になった。

行男は勉強家で、中学での成績は、一番か悪くても三番だったから、彼の進学志望は一高だった。

だが、家が貧しかったので、国費で学べる海軍兵学校に志望を変えた。当時の海軍兵学校といえば、帝国海軍の華であり、生徒は、そのエリートだったから、行男も、次第に海軍兵学校に憧れるようになっていった。

昭和十三年、行男は、海軍兵学校七〇期生として入学したが、その中に、三浦広之もいたのである。

しかし、行男を待っていたのは、上級生による鉄拳制裁だった。行男は、父親の勝太郎からも暴力を受けている。子供の時、暴力を受けると、大人になって暴力的になるというが、関行男にも多少、その傾向があったらしい。

行男は、特攻隊員の指名を受ける直前は、霞ケ浦《かすみがうら》海軍航空隊の教官になっているが、有名な鬼教官で、やたらに生徒に鉄拳を加えていたというからである。

昭和十六年十一月、海軍兵学校七〇期生四三二名の一人として卒業。この時から少尉候補生である。

関行男は、直ちに大分の佐伯《さいき》湾に停泊中の戦艦「扶桑《ふそう》」に派遣された。

その後、霞ケ浦海軍航空隊の飛行学生として土浦《つちうら》に向かい、連日、猛訓練を受けることになった。

昭和十九年一月に教官になり、五月に大尉に昇進すると、その月の三十日に結婚した。相手は、鎌倉の大町に住む資産家の娘の渡辺満里子《わたなべまりこ》だった。

実は、この満里子と行男とは知り合いではなかった。

当時、兵隊さんに慰問文を送ることが推奨されていて、満里子の妹、家政学院一年生の恵美子《えみこ》が書いた慰問文が、たまたま行男の手元に届いた。

昭和十七年、行男は、飛行学生になる直前だった。が、図々《ずうずう》しく、鎌倉の渡辺家を訪ねて行ったばかりではなく、その後、休みの度に遊びに行った。

そこで初めて、恵美子の姉の満里子を知ることになる。行男は、姉の満里子のほうが好きになり、間を置かずにプロポーズしている。満里子もその熱心さに結婚を承諾した。

行男のこうした行動は、子供の時の家庭生活から来ているのだろう。

結婚すると行男は、土浦に新居を構えた。新婚生活では妻に甘えて、訪ねて行った生徒たちは、その甘えぶりに辟易《へきえき》したといわれているが、これも子供の時の反動だろう。

昭和十九年九月になると、戦局は、ますます悪化して、飛行教官の関大尉も、土浦から台湾の台南《たいなん》航空隊に廻《まわ》された。この時は、教官としてだったが、更にフィリピンのニコルス飛行場に移動した時は教官ではなく、第二〇一航空隊の、戦闘第三〇一飛行隊分隊長だった。

この時、行男は、鎌倉の実家に帰った妻の満里子に手紙を書いている。

「御便《おたより》嬉しく拝見、写真を忘れた事はすまなかった。さて、台湾に着任したが、また転任になり、戦地に行く。あまりにあわただしい転勤で、少しめんくらった感じ。服装はもういらぬし、靴も一足は送る予定でいる。長い間、待望の戦地だ。思う存分、頑張る覚悟である。時局は、ますます急迫してきた。お前も自重自愛して働くよう、国の母上（母サカエ）にもよろしく。

鎌倉のお父様お母様、恵美ちゃんぼうず君にもよろしく。お母様の御病気、お大切に」

実は、この三週間後に特攻作戦が始まり、関自身、特攻隊員に選ばれるのである。

3

「関大尉と三浦大尉の短い生は、本当によく似ているんだ」

と、野々村が、いった。

「生まれた年も大正十年と同じ。中学卒業後、昭和十三年に、海軍兵学校に入学。同じ第七〇期生だ。昭和十六年、無事卒業。その後、二人とも航空を志願し、成績優秀で教官になり、結婚して三浦大尉は子供をもうけている。そして、関大尉は、昭和十九年十月に最初の特攻隊員として、アメリカの艦隊に体当たりして死んでいる。三浦大尉も、翌昭和二十年三月に特攻で死んだ。使用された飛行機は共にゼロ戦で、二五〇キロ爆弾を積んでの体当たりだ」

と、野々村が、いった。

「二人共ですか？」

「そうだ」

「私は、特攻には、妻子のある者は、使わなかったと聞いたことがあるんですが、あれは嘘《うそ》だったんですか」

と、まさみが、きいた。

「それは、特攻を命じる人間が希望をいっただけのことだよ。特攻は、航空、水上、水中といろいろあったが、機械を使うわけだから、どれでも機械の知識がいる。特に飛行機を使う航空特攻ともなれば、更に最低二年間の飛行訓練が必要だから、何百人、何千人と、いくらでも要員がいるわけじゃない。だから、妻子持ちは特攻に使わないなんて、そんな贅沢《ぜいたく》はいっていられなかったんだ。年齢だって、十七歳ですら使った」

野々村は、冷静な口調で、いう。

「確か、関大尉は、大西中将から命令されて、最初の特攻を引き受けたんでしたかね？」

と、亀井が、いった。

「大西中将が特攻作戦を考え、アメリカ軍が、フィリピンのレイテ島に上陸してきた時、迎撃するには、体当たりしかないとして、特攻を命じるために、マニラの基地にやって来た。現地の司令官や飛行隊長に特攻について説明した後、隊長として誰がいいかを相談した結果、海兵七〇期の関大尉が適任だとして、説得したことになっている」

「すぐやりますと、関大尉が受けたという話と、一日考えさせてほしいと即答しなかったという話と、いろいろありますね」

と、十津川が、いった。

確か読んだ本に書かれたその部分は、さまざまだった。そのことが、七十年あまり経った今でも、特攻について、賛否両論に分かれる原因になっている。

「パイロットたちが、最初から特攻に賛成の筈がないんだよ」

と、野々村が、いった。

「彼らは、それまで何のために猛訓練に耐え、優勢な敵と戦ってきたか。戦闘機乗りは、敵機を撃ち落とすため、雷撃機乗りは、水雷を敵艦に撃ち込むためだよ。それなのに、いきなりそんなことは全て忘れて、敵艦に体当たりしろといわれても、簡単に、はい、わかりましたと承知できる筈がないんだ」

「だが、特攻は実行されましたよね」

と、亀井が、いった。

「航空特攻についていえば、陸、海で五千人以上が特攻で死んでいる」

この辺から話は、「特攻」のことになっていった。

もちろん、野々村を含めて全員が戦後の生まれだから、特攻の経験はないし、話としてきいていただけである。

そうなると、本や資料を読んだか読んでいないかの差になってくる。実践を伴わないから、特攻についての知識の差が極端に現れてくる。

この時も、それが現れた。

若い本多まさみは特攻の話になると、こんなことをいって、野々村を怒らせた。

「特攻って死を前提としているから、その面では怖いけど、訓練そのものは簡単でしょう？　だって、空中戦もないし、爆弾を命中させるわけでもなくて、操縦する自分の機体を、まっすぐ敵艦にぶつけてしまえばいいんですから。海軍の特攻の場合、こっちはゼロ戦を使うんでしょう？　ゼロ戦の性能はわかりませんけど、相手の艦船や空母より何倍も速いと思うんです。いくら逃げようとしたって、すぐに追いついてしまう筈です。それに、戦艦だって空母だってバカでかいから、ぶつけるのは簡単だと思いますよ。訓練しなくたって、誰でもぶつけられるんじゃありませんか？」

十津川や亀井は、

「いや、そんなに簡単ではないでしょう」

と、ゆるやかに反対したが、野々村は、怒ってしまった。

まさみの発言に対して、許せないという感じで、

「それは全く違いますよ！」

と、強い口調でいった。

その激しさに、本多まさみがビックリしたらしく、

「どこが間違っているんですか？」

と、きくと、

「全て間違っています。あなたの言葉は、特攻隊員を冒瀆《ぼうとく》している！」

野々村の言葉が、ますます激しくなって、ツバが飛んでくる。

「でも、どこが間違っているんですか？　教えて下さい」

本多まさみも反撃する。

「例えば、私と先生が、鬼ごっこをやったとします。私が追いかける側だったら、簡単に先生を捕まえられますよ。私のほうが先生よりも足が速いから。それと同じでしょう？　アメリカの戦艦や空母は大きくて、スピードがゼロ戦よりも遅いからゼロ戦は簡単に追いついて、後はぶつかればいいわけでしょう？　目をつぶって操縦桿《そうじゅうかん》を前に倒せば、あんなに大きな標的だから、外すことはないと思いますけど」

「君の考えは間違っているし、特攻隊員を冒瀆しているんだ」

野々村の声が、大きくなる。

「それなら、私の考えのどこが間違っているのか、どこが冒瀆しているのかを教えて下さい」

「まず、特攻隊員は死を覚悟している。体当たりして死んで、敵艦を沈めなければならないんだ。いかに戦争中だからといって、その命令に簡単に納得できるものじゃない。だが、できないとはいえないから、まず何とかして、自分自身に死を納得させなければならない。それが大変なんだ。平和ボケしてしまっている君たちには、何日後、時には何時間後に死ななければならないという時の気持ちなど全くわからんだろう。しかも、まだ若い連中だ。一番若い特攻隊員は十七歳だ。今でなら高校三年生くらいだよ。そんな若者ひとりひとりが、自分で自分に死を納得させなければならないんだ。また、二十代で結婚したばかりの若者もいた。関大尉は新婚早々だった。空中戦の自信もあったから、特攻を命ぜられた時、どうしても納得できなかったという。当たり前だ。空中戦や爆撃で死ぬのなら納得できるし、怖くもない。その訓練も受けてきて、実戦の経験もあるからだ。それなのに、爆弾を積んで、死んで来いという。だから、最初は納得できずに、その不満を洩《も》らしている。『おれみたいな優秀なパイロットに、なぜ特攻を命令するんだ。おれは爆弾を艦船に命中させて、帰ってくる自信があるのに』とね。優秀なパイロットほど特攻には納得できなかったと思うね」

「しかし、関大尉は結局、納得して特攻死していますね」

と、亀井がいった。

「本当に納得していたのかどうかは、わからないよ。死の直前、関大尉は、こういい残しているからだ。『おれは、御国のために死ぬんじゃない。愛する家族を守るために死ぬんだ』とね。だから最後まで、特攻には反対だったんだよ」

「空中特攻だけでも、五千人以上の若者が死んでいますね。それ以外にも、さまざまな特攻で、です」

十津川がいうと、野々村は、こんな答え方をした。

「私は特攻について、こんなことを考えたんだ。特攻が正しかったか、間違っていたかより、あの頃の日本はジャーナリズムも国民も狂っていた。当時の新聞を見ると、吐き気がするね。新聞の全面を特攻隊員の写真で飾り立て、『世紀の偉業！』とか『君たちはすでに神である！』と、煽《あお》り立てている。第一、これから死んでいく特攻隊員にカメラを向ける神経が狂っているじゃないか。また国民も、特攻隊員の死が告げられるたびに、万歳を叫んでいたんだ。自分の息子の死を告げられた母親が『よく死んでくれました』というのも、正常な神経じゃない。国全体が狂っていたんだよ。そんな中で唯一、正常な神経だったのは、特攻隊員自身だよ。死ぬことに疑問を持ちながら、何とか自分自身に死を納得させようと悩む人間。間違いなく正常な神経だよ。だから、特攻について考える時、特攻が正しかったのかどうかより、少数の特攻隊員だけが正常な神経の持ち主で、他の全員の神経が狂っていたと私は考える。そう考えないと、特攻の問題は永久に答えが見つからないね」

しかし、若い本多まさみには、今一つピンと来ないらしく、

「それでも、やっぱり体当たりは簡単なんでしょう？」

と、野々村に向かっていい、彼をさらに怒らせた。

「バカをいうな。特攻は、日本が劣勢の時に実行されたんだ。しかも、アメリカ軍は、性能のいい優秀なレーダーを持っていたから、五機、十機の特攻機が九州の基地を飛び立つと、たちまち発見して、百機、二百機の最新鋭の戦闘機を発進させて待ち構えているんだ。一方、特攻機のほうは、ゼロ戦に二五〇キロの爆弾を積んで体当たりするわけだから、スピードも落ちるし、行動も鈍くなる。もし、体当たり前にアメリカの戦闘機のレーダーに見つかったら、間違いなく撃墜される。だから、戦闘訓練をしても無駄なんだ。それに、訓練に必要な燃料も不足していたから、体当たりの特攻の訓練しかしなくなった」

「どんな訓練ですか？」

「まず敵のレーダーに見つからないように、海面すれすれの超低空で近づき、敵艦船に近づいたら、いったん急上昇し、次にまっすぐ急降下で体当たりする。その訓練を繰り返すんだよ」

「言葉だけ聞くと、いかにも簡単そうですけど」

と、相変わらず本多まさみがいう。

今度は、野々村は怒らなかった。

「私にも、簡単な繰り返しの訓練に思えるがね。よく考えると、難しいことがわかってくるんだ。まず、敵の反撃だ。低空飛行でアメリカの戦闘機の攻撃を避けることに成功しても、狙う艦船が一隻だけでいるわけじゃない。最初に神風特攻隊が出撃したのは、フィリピンのレイテ決戦の時だが、その時、レイテ湾には、四十隻の艦船がいて、一斉に対空砲火を射ち上げてきたという。一隻に十門の対空砲でも、何百という数の対空砲になる。しかも、アメリカの対空砲は進化していて、砲弾が命中しなくても、敵艦に近づくと爆発するようになっていたから、その対空射撃に近づくのは自殺をするようなものだといわれていた。また、特攻に使われたゼロ戦や、その他の飛行機にしても、もともと急降下して体当たりするようには作られていないから、急降下すると翼が強い風圧を受けて、舞い上がってしまうらしい。それに、体当たりして死ぬ恐怖があるから、どうしても目をつぶってしまう。それが重なって、命中しないことが多かったといわれている」

「そういえば、太平洋戦争のニュース映画に、アメリカ側が写した日本の特攻機の攻撃の様子がわかるものがあるのですが、それを見ると大半の特攻機が、アメリカの艦船に命中できず、その手前で火を吹きながら海中に墜落してしまっていますね。日本人としては残念な思いで見るんですが、あれは今、野々村さんがいった理由で、体当たりの難しさが現れているわけですね？」

と、亀井がいった。

「その通りです。それにパイロットの多くは、通常の飛行訓練を途中で止《や》めて、特攻に廻されていますから、精神的にも技術的にも、敵艦に体当たりをするのは難しいんですよ。軍の上層部は、一機、一艦で決めれば、日本は勝てるといっていましたが、そんな計算は空論です。それがわかっていながら、三浦大尉は、命令で特攻のための訓練を、未熟な若いパイロットに施していたわけですから、どんなに辛《つら》かったかがわかりますね。戦闘訓練ではなくて、死ぬ訓練をしていたわけですから。そのうえ、教え子たちが、いよいよ九州の鹿児島の基地から出撃する時には、教官の三浦は、それを見送るように命じられたこともあったといいます。見送った後、若い教え子たちは、帰って来ないわけですから、なおさら辛かったと思います。その時、三浦広之は、教官としてこういって見送ったそうです。『私も後から必ず続く。先に死んであの世で待っていてくれ』と」

「結局、教官だった三浦広之も、最後は特攻で、死んでいるんですね」

十津川がいった。

「その通りです。三浦は約束を守って、自ら特攻出撃して死んでいます」

「そうすると、早瀬一族の復権はどうなったんですか？」

十津川がきき、まさみも、

「それなら、三浦広之さんと結婚した早瀬セツさんはどうなったんですか？　子供はできたんですか？　その子が成長して、早瀬家を継いだんですか？」

と、野々村に、迫った。

野々村はそれには答えず、逆にたずねる。

「警察が、どうして早瀬一族や姫川村のことを調べているんですか？」

「東京で先日、菊地文彦さんという人が殺されましてね。その菊地さんが、どうやら姫川村の歴史を調べていたらしいので、われわれも、菊地さんの足跡を追っているわけです」

と、説明した後、十津川は、

「野々村さんは、菊地さんにお会いになっていますか？」

「一度だけ会っています。三月の下旬、確か三十一日でしたか、突然訪ねて来て、姫川村のことを聞きたい。そういわれたので、今、皆さんに話したようなことを、菊地さんにも説明しました」

「その時、菊地さんはどんな反応だったんですか？」

亀井がきいた。

「大変、興味を持って聞いていましたね。その後、一度東京に戻って、太平洋戦争と姫川村との間にどんな関係があるのか、それを調べてからまた来ますといっていましたが、とうとう会いに来られませんでした。東京で、殺されたというのは全くの初耳です。知りませんでした」

と、野々村は、いった。

4

「早瀬セツさんと結婚した三浦大尉は、特攻で死んだわけでしょう? 未亡人になったセツさんは、その後どうなったんですか?」

まさみが、きいた。

「その点については、ぜひ、自分たちで、調べてもらいたい。私がいろいろと話すと、間違った先入観を与えてしまうかもしれません」

野々村は、急に引いた感じで、三人に、いった。

十津川はふと、砕かれた石碑のことを、思い出した。

「特攻死した三浦大尉の家紋は、鷹の羽だったんじゃありませんか?」

と、きいてみた。

「その通りです。どうして、そう思われたんですか？」

「太平洋側の姫川寺があったところに、地震と津波で壊滅した墓地があったんです。そこに、粉々に砕かれた大きな石碑の残骸が、ありました。その文字の上に、鷹の羽の家紋があったからです。本来、早瀬一家の菩提寺《ぼだいじ》だから、てっきり早瀬家の家紋だと思ったが、違っていましたからね。ひょっとすると、早瀬セツさんが嫁いだ三浦家の家紋じゃないかと思ったんです」

「よく、気がつかれましたね。間違いなく、あの石碑に刻まれている鷹の羽の家紋は、三浦家の家紋です」

「それにしても、あの粉々になっている石碑には、何という文字が書かれてあったんですか？　行列の『列』しか見つかりませんでしたが」

亀井がきくと、

「あの文字は、行列の列じゃありません。その字の下に、点が四つ、ありましてね。『烈《はげ》しい』の『烈』です」

と、野々村はいう。

「どうしてあんなに粉々になってしまったんですか？　地震で崩れただけとは思えませんが」

十津川がきくと、野々村は、

「そのことも、皆さんが、自分で調べて下さい。それが一番いい」

と、いう。

十津川は、じっと野々村を見て、

「何か問題があって、簡単にわれわれには話していただけないんですか？」

「石碑については問題がありすぎるんです。その一つ一つについては、さまざまな見方があって、その見方によっては、肯定する者もいれば、激しく反対する者もいます。そのうえ、今回、東京で殺人事件が起きて、警察が調べているわけでしょう？　それならなおさらのこと、判断を慎重にする必要があります。私の考えを話しても構いませんが、それに縛られて事件を見ると、間違いを起こしてしまう心配がある。だから、皆さん自身に調べていただきたいと、お願いしているのです」

と、野々村がいった。

「よくわかりました。あの大きな石碑は、ひょっとすると、戦争中に立てられたものじゃなかったんですか？　それだけでも、教えてもらえませんか」

十津川は、県庁の職員の言葉を思い出しながら、きいた。

「それでは、写真だけお見せしましょう。それで判断して下さい」

野々村は、店の奥から一枚の大きな写真を持ってきて、十津川たちの前に置いた。

それは、高さ三メートルぐらいはあろうかという、あの石碑の白黒写真だった。真ん中には「烈女の墓」と大きな文字が彫られていた。

「この写真は、太平洋戦争中に撮られたもので、昭和二十年の六月頃ですか。それ以上のことは、皆さんで調べて下さい」

と、野々村は、繰り返した。

「『烈女の墓』、ですか。戦争中ならば、女性は女性らしくというのが筋だから、『貞女の墓』のほうが相応しいけど、『烈女の墓』というと、激しい女性ということになってきますね。これは三浦広之大尉と結婚した早瀬セツさんのことなんじゃありませんか？」

十津川は、きいてみた。

「そのことについても、そちらで調べてみて下さい」

と、野々村は、同じ言葉を繰り返した。

何か問題があるのだとわかったが、十津川には、どんな問題なのかがわからない。仕方なく、

「わかりました」

と、肯いた。

これ以上聞いても野々村は、何も話してくれそうもない。石碑の写真を見せてくれただけでも、ありがたいと思わなければならないと考えたからだった。

その写真をスマホで撮った後、野々村茶房を後にすることにした。

三人はすぐに東京へは戻らず、もう一日、仙台で過ごすことにして、仙台駅近くのホテルにチェックインした。

夕食は、ホテルの中の中華料理店の個室で取ることにしたが、食事中の話題は、どうしても早瀬セツと、特攻死した三浦大尉のこと、そして、砕かれた石碑のことになった。

「特攻で亡くなった人たちは、皆さん若くて独身の人が多いと聞いたんですけど、結婚した人も死んでいるんですね」

と、まさみがいう。

さらに、

「特攻隊員を選ぶ時、その隊員が家族持ちかどうかの配慮のようなものは、なかったんですね」

不満げに続けた。

「航空特攻の先駆けは、海軍の神風特別攻撃隊の敷島隊が有名だが、敷島隊の隊長、関大尉は、野々村さんもいっていたように妻がいた。それを見ても、特攻隊員を選ぶ時、家族持ちかどうかの配慮は、なかったみたいですね」

と、十津川が、いった。

「三浦大尉も早瀬セツと結婚しているのに、そのことが配慮されずに特攻死しているんでしょう」

「関大尉、三浦大尉の特攻した理由が、同じだったかどうかを調べたいね」

と、十津川は、いった。

「それなら、死んだ二人の奥さんのことも調べて下さい」

と、まさみが十津川にたのむと、

「これから、まず九州の海軍の特攻基地に行って、三浦大尉について調べてみます。そうすれば自然に、死んだ奥さん、早瀬セツのこともわかると思います。あなたは、どうします？」

十津川は、まさみを見た。

「もちろん、私も行きます。菊地さんが、なぜ殺されたのか、その理由を知りたいから」

と、まさみが、応じた。

第三章　昭和二十年三月十二日三浦大尉大義に死す

1

翌日、十津川たちは、仙台空港から鹿児島に飛んだ。

九州の南、鹿児島県には航空特攻の基地が、陸軍も海軍も集中している。陸軍では知《ち》覧《らん》が有名で、海軍では鹿屋《かのや》がよく知られている。その他にも、海軍・陸軍の特攻基地が鹿児島全体に分散しているのは、当時、本土の制空権もアメリカに握られていて、アメリカの空爆を避けるためにどうしても、分散せざるを得なかったからである。

三人は鹿屋の特攻基地に向かった。

鹿屋基地には、海軍特攻の歴史が収まっていた。海軍の歴史、いや日本の特攻、特に航空特攻の歴史といえば、昭和十九年十月の、神風特別攻撃隊の「大和隊《やまと》」、「敷島隊」などが有名である。

敷島隊の隊長、関大尉は最初の特攻として、アメリカの空母に体当たりし、大きな戦果を挙げたことでよく知られている。

鹿屋の史料館には、その関大尉から延々と続いた海軍特攻隊員たちの写真と名前、遺書や略歴などが収められていた。そこには、十津川たちが知りたかった三浦広之大尉の名前もあった。

三浦は、最初からの特攻隊員ではなかった。福岡にあった海軍の航空基地で、教官として、若いパイロットたちの訓練をしていたのである。もちろん、最初から特攻の訓練ではない。ゼロ戦を使った戦闘の訓練である。

しかし、戦況が悪化し、特攻が始まってからは、それに合わせるように三浦大尉の指導する訓練も特攻訓練に変わっていった。そのことに対して三浦は、同僚に、こうこぼしていたという。

「これは、パイロットの訓練なんかじゃない。本来やるべきなのは、戦闘機同士の戦いの訓練でなければならないのに、特攻の訓練は死ぬための訓練なんだ。こんなことはやるべきではない」

文句をいいながらも、三浦は、若いパイロットたちに特攻の訓練を施していた。日本の軍隊、特に海軍は、上意下達が徹底していた。上からの命令は、不本意であっても実行する。それも速やかにである。それが上意下達だった。

軍隊の「徴兵年齢」というのは、何歳から兵隊として戦っていいのか、という年齢のことである。

太平洋戦争が始まった頃は、まだ余裕があったので、徴兵年齢は二十歳だった。戦局が苛烈になり、兵士の数が足りなくなってくると、その徴兵年齢は、少しずつ下げられていった。

十九歳になり、十八歳になり、特攻が行われるようになった昭和十九年には、十七歳になっていた。今でいえば、高校三年生の年齢である。満十七歳になれば、兵隊として銃を持たせて、戦地に送り出しても構わないということなのだ。

しかし、パイロットの場合は、いきなり十七歳で採用して、飛行機に乗せるわけにはいかない。十七歳になる前にパイロットとしての訓練を受けさせる必要があった。

そこで考えられたのが、「少年兵」という制度である。自ら志願したのであれば、十七歳以前、十五歳でも少年兵として採用することができることにした。陸軍では陸軍少年飛行兵、海軍では海軍飛行予科練習生、通称「予科練」という制度があった。どちらも旧制中学三年生から志願して入ることができるので、最低年齢は、十五歳となる。海軍でいえば、十五歳の少年が予科練に入って、パイロットとしての訓練を受けたわけである。

もちろん、最初から特攻のための学校ではなかった。正式な戦闘機、あるいは爆撃機のパイロットを育てる学校だった。

教官の三浦大尉も関大尉も最初は、十五歳で入ってきた予科練の生徒たちに正式な戦闘機の訓練を施していた。それが、昭和十九年から特攻のための訓練に変わってしまったのである。

ゼロ戦を駆って、敵の戦闘機との空中戦をする、そういう訓練ではない。ゼロ戦に二五〇キロの爆弾を積んで、フィリピン、そして沖縄に侵攻してきたアメリカの艦船に、体当たりをする訓練である。

しかし、ゼロ戦に二五〇キロの爆弾を積み込めば、スピードは落ちるし、格闘戦の能力も落ちる。その状態でアメリカの戦闘機の攻撃を受けたら、一方的に撃墜されてしまうことは誰にもわかる。

そこで、敵のレーダーに捕捉されないために、まず、海面すれすれの超低空で敵に近づく訓練だ。敵艦船を見つけたら、いきなり三千メートルの高度まで急上昇する。そして、次に急降下して敵艦に体当たりする。簡単なようだが、実際には難しい。

ゼロ戦は特攻機ではなく、戦闘機である。敵艦に体当たりするようには作られていないのだ。急降下も目的ではない。

一番若い特攻隊員は十五歳で予科練に入り、二年間の訓練を受けてきた十七歳の少年である。もちろん、初めて敵艦に体当たりをするのである。

突入の時に目をつぶってしまったら、失敗する。はっきりと目を開けて、操縦桿を前に倒し、それを必死になって押さえていないと、翼の揚力で、機体が浮き上がってしまうのだ。死を覚悟しているとはいえ、たった二年間の訓練しか受けていない十七歳の少年にとって、それがいかに難しかったか。

多くの太平洋戦争の写真を見ると、飛行機がまっすぐ墜落して、海に突っ込んでしまっているものがやたらに多い。これは、敵艦に体当たりする瞬間、目をつぶってしまうので、体当たりがうまくできず、敵艦の面前で海面に突っ込んでしまうからである。

昭和二十年に入ると、三浦が教えた若いパイロットたちが、福岡の海軍航空隊から、鹿児島の特攻基地の鹿屋へ次々に移動するようになる。特攻出撃のためである。

三浦も、彼らを見送るために、鹿屋に行くようになった。一番若い者は十七歳、年長でも二十代前半である。彼らを見送る時、三浦は必ず約束した。

「私も必ず君たちの後を追って特攻する。少しの間、あの世へ行って、待っていてくれ。必ず後に続く」

と。

三人は、特攻隊員たちの写真を見ながら、三浦大尉が、果たしていつ特攻出撃したのかを調べた。

三月。沖縄にアメリカ軍が上陸した。その頃から陸海軍ともに、特攻出撃が多くなっていく。そうした中、三浦大尉が特攻出撃したのは、昭和二十年三月十二日であることがわかった。

それまでに彼の教え子たちは何人も、いや何十人も鹿屋の特攻基地から出撃して死んでいった。当然、その後に続いた三浦大尉も鹿屋基地から出撃したと思ったのだが、不思議なことに、三浦は鹿屋から出撃していなかった。鹿屋の近くにある針金《はりがね》という基地から、それも、たった一機で、沖縄に向かって出撃していったのである。

不思議だった。

そんな十津川たちの疑問に答えてくれたのは、鹿屋史料館の広報官の菅野《すがの》という人だった。五年間、航空自衛隊にいたことがあるというが、それでも、戦後の生まれである。史料館で広報担当を引き受けるようになってからは、必死になって海軍の航空特攻について資料を調べ、本を読み、わからないことは聞いて回ったという菅野が、十津川たちの質問に、答えてくれた。

菅野がいった。

「本来、三浦大尉は、特攻隊員ではなかったんです。海軍としては、三浦大尉には新人教育に専念してほしかった。しかし、三浦大尉は、特攻に出撃する教え子たちを見送る時には必ず、『自分も後に続く』と、約束していたといいます。それもあって、上司に対しては頑として、『若い特攻隊員たちは、私が後に続くのを信じて死んでいったのです。ですから、私は、彼らに続いて特攻しなければならないのです』、と、いい、たった一機で沖縄に、出撃していきました。立派な人だと思いますよ」

「しかし、どうして鹿屋から出発しなかったんですか？」

亀井が、きいた。

「実は、三浦大尉が特攻出撃した昭和二十年三月十二日ですが、アメリカ軍の沖縄上陸を控えて、援護する機動部隊が九州の近海まで来ていましてね。三月十二日には、艦載機が何百機も、しらみつぶしに九州の特攻基地を攻撃していたんですよ。鹿屋基地は、そのために使用不能になりましてね。そこで、三浦大尉は、予備に造られていた針金基地から出撃せざるを得なかったといわれています」

「針金基地というのは、この近くにあるんですか？」

「ここから五キロほど離れた場所にある、速成の基地です。速成ですから、滑走路の整備も十分ではなかったのですが、そこはさすがに腕のいいパイロットだった三浦大尉は、見事に離陸して、見送る整備員たちは全員、感動した、といわれています」

本多まさみは、遠慮して質問を控えていたが、三浦大尉が沖縄に侵攻してきたアメリカ機動部隊への体当たりに成功し、二階級特進をして海軍中佐になっていたとわかった後、

「私は三浦大尉、いや中佐ですか。その奥さんのことを知りたいんですが」

と、遠慮がちにいった。

「奥さんとは関係なく、三浦大尉は出撃していったんですが」

と、菅野はいう。

「それで、奥さんは戦後、再婚されたんですか？　神風特攻隊の隊長だった関大尉の奥さんは、戦後、医師になって再婚されたと聞いたんですが」

さらに、まさみがきく。

それでも、菅野は少し迷っていたが、

「実は、三浦大尉の奥さんは、昭和二十年三月十二日に亡くなっています」

と、いった。

それには十津川も驚いて、

「それでは、三浦大尉が、出撃した同じ日に亡くなっているんですか？」

「そうです」

「なぜ、亡くなったんですか？」

少しきつい口調で、まさみがきいた。

「三浦夫妻には、生まれたばかりの子供がいたんです。妻のセツさんは、自分たちのことが気がかりで、夫の三浦大尉の心に迷いが出てしまうのではないか。それならば、心残りがないように私も先に死んで、あの世で待っていよう。そう考えて、郷里の姫川村を流れている姫川に、一歳のわが子を抱いて飛び込んで、亡くなってしまったんです。現在の感覚では、何とも悲しい話ですが、当時は、さすがに武人の妻の行動だ、と、称賛されたのです」

と、菅野がいった。

その時、十津川は、姫川村の墓地にあった、粉々に砕かれた石碑のことを思い出していた。そこに書かれていた文字は行列の「列」ではなく、烈しいの「烈」だと、郷土史家の野々村がいっていたあの石碑は、目の前の菅野案内員がいった自殺した三浦セツの墓ではないのか？

そのことを十津川が、きくと、やはり菅野は肯いた。

「これは、あくまでも、戦時中の出来事ですから、そのつもりで聞いて下さい。夫の三浦大尉が、家族のことが心配で、特攻に出撃することができないなんてことになったら、天皇陛下の御恩に応えられない卑怯《ひきょうもの》者になってしまう。そう考えて、夫の迷いを消すために、三浦セツさんは郷里の川に身を投じて自決したのです。当時、これこそ武士の妻だと称賛され、昭和二十年の五月頃に確か、彼女の自決を讃《たた》えた石碑が立ったはずですよ。『烈女の墓』です」

と、いった。

これで、謎の一つが解けたことになる。

最後に、十津川は、菊地文彦の写真を、菅野に見せて、

「最近、この人が、ここを訪ねてきませんでしたか？」

と、きいた。

菅野は肯いて、

「三月の二十一日と二十二日の二日間にわたって見えましてね。皆さんと同じように、三浦大尉や奥さんのセツさんのことを、いろいろと細かく聞いていきましたよ。海軍の特攻について研究をしておられたんじゃないですか？」

その話しぶりから、菊地文彦が、東京で殺されたことは、まだ知らないようだった。

亀井が、東京で菊地が殺されたこと、その事件について捜査していることを告げると、さすがに菅野は表情を変えて、

「だからこちらに見えた時、注意したんですよ」

と、いう。

「何を注意したんですか？」

亀井がきいた。

「特攻は、戦争中の話ですからね。現代の平和な時代になって、さまざまに批判するのは間違っている。そういって注意したことがあったんです。現代の目で賛否を口にしても仕方がない。その時の当時者の気持ちにならなければわからないことがある。そうい

ったんですけどね」

「それでは、菊地さんは特攻について、あるいは三浦大尉のこと、自殺した奥さんのことについてどう考えていたと、菅野さんは思いますか？」

十津川が、きくと、

「そこまではわかりませんね。話を聞いて帰った後、何の連絡もありませんから」

今度は、少し、怒ったような口調で、菅野はいった。

2

鹿屋史料館を出た三人は、五キロ離れた所にあるという針金基地を、見に行くことにした。

実際に行ってみると、そこは、サツマイモ畑に変わっていた。菅野の話でも、針金基地というのは、鹿屋基地がアメリカの艦載機に襲われた場合のため臨時に造られた基地で、その頃もサツマイモの畑だった所を急遽《きゅうきょ》、地ならしして造ったものだったというから、おそらく元のサツマイモ畑に戻すのも、早かったろう。

この基地からただ一機、出撃していく三浦大尉機の写真も史料館で見せてもらい、三人は、それを自分たちのスマホで撮っていた。その写真を改めて見てみた。

基地らしい設備は何もない、ただの原っぱである。鹿屋の基地司令官と、整備員二人だけが見送る、寂しい光景だった。その中を三浦大尉の乗ったゼロ戦が、二五〇キロの爆弾を抱えて離陸していく。特攻出撃の写真というのは、どれも寂しい光景だが、この写真はさらに寂しかった。

「どうしても納得できません」

本多まさみが、声を出した。

「奥さんなら、子供までいるんだから、何とかして特攻出撃するご主人を止めなければいけないのに、どうして後顧の憂いがないようになんていって、自殺なんかしたんでしょうか？　その奥さんの気持ちが、私にはどうしても理解できません」

と、いう。

それに対して十津川は、

「日本には、同じような話が、いくつかあるんですよ。だから、日本的な話なのかもしれない」

と、戦国時代に死んだキリシタン大名の妻、細川《ほそかわ》ガラシャの話を聞かせた。この話が一番、今回の話に近いのではないかと、思ったからだった。

細川ガラシャは本名・玉子《たまこ》。明智光秀《あけちみつひで》の娘である。細川忠興《ただおき》に嫁ぎ、キリシタンに帰依して、「細川ガラシャ」という洗礼名をもらっている。

慶長《けいちょう》五年（一六〇〇年）、関ヶ原《せきがはら》の戦いで、夫の忠興は東軍側の武将として戦っていた。西軍の総大将、石田三成《いしだみつなり》は、忠興の妻のガラシャを人質に取って幽閉しようとした。そうしておけば、東軍の将、細川忠興が、西軍に寝返るかもしれないと、石田三成は、計算したのだ。

しかし、細川ガラシャは、自分のために夫の忠興が節を曲げることを心配して、人質になることを拒否し、自ら命を絶った。キリスト教は、自殺を禁じているので、家老に自らを斬らせての死を選んでいる。時に三十八歳。

忠興は、キリスト教式の葬儀を行い、その死を悼んだ。

細川ガラシャの辞世の歌がある。

「散りぬべき　時知りてこそ　世の中の
花も花なれ　人も人なれ」

「三浦セツの気持ちも、たぶん、この歌と同じだったんじゃないかな」

と、十津川は、まさみにいった。

細川ガラシャの話は有名だし、彼女の行動を称賛する者はいても、非難したり批判したりする者は少ない。

この細川ガラシャの行動を、戦前、戦中の人々は誰もが称賛したのだ。彼女を誉《ほ》めたように、昭和二十年三月の三浦セツの行動を、当時の人々もジャーナリズムも、大いに称賛した。その証拠が「烈女の墓」ではないのか。

三浦セツは、特攻に出撃する夫の三浦大尉が、妻子のことが少しでも心のブレーキになっていてはいけないと思い、自ら命を絶ったのである。

細川ガラシャの行為に似ているではないか？

人々も国も、彼女の行為を「烈女」として讃え、郷里の姫川村に巨大な記念碑を立てた。

「現代のように何よりも生命が大事という時代では、特攻も三浦セツの行為も、狂気としか思えないが、あの時代では、讃えられる行為だったし、国も軍部も、それを戦意高揚や宣伝に利用した。国民も、それに満足していたんだ。だから、三浦大尉は郷里では、軍神になるし、妻のセツは、郷里の姫川村に烈女の碑が立てられたんだ」

と、十津川はいった。

「どのくらいの騒ぎだったんですか？」

まさみが、きく。

「今、姫川村は、東日本大震災で壊滅してしまっているが、県庁のほうには資料が残っているかもしれない」

東北出身の亀井がいうと、すかさず、まさみが、

「ぜひ、その資料を、見たいと思います。殺された菊地さんも、きっと、見たいと思っていた筈です。いえ、写真を見たに違いありません」

「同感だ」

と、十津川が、いった。

「私は、三浦家のほうを調べるから、カメさんとまさみさんは岩手県庁に行って、姫川村に烈女の碑が立てられた時の様子を調べてくれ。殺された菊地さんが、県庁へ行って石碑のことを調べたかどうかも、知りたいからね」

と、二人にいった。

本多まさみと亀井は、岩手県庁を訪ねていき、十津川は、東京の三鷹《みたか》に向かった。現在、三浦家は、三鷹市内にいると、聞いたからである。

三鷹の商店街の外れにある二階建ての家に、「三浦」の表札が出ていた。

昭和二十年三月十二日、当時の戸主の三浦大尉は、特攻で死亡。妻子も同じ日に心中の形で死亡してしまった。

そのため、戦後の三浦家は、三浦大尉の弟、三浦琢次《たくじ》が継いだという。

琢次は兄より三歳年下で、平凡なサラリーマン生活に入り、一男一女をもうけて、三年前に亡くなった。

したがって、現在の当主は、琢次の孫に当たる三浦圭介《けいすけ》、四十二歳で、職業は大学の准教授だった。現代史を教えていると知って、ひょっとすると面倒かなと心配したのは、今回の問題が、太平洋戦争に絡んでくるかもしれないと思ったからだった。

十津川が、

「東京の新代田で起きた殺人事件を捜査しています」

と、告げると、三浦圭介は、

「そして、私のところに、辿《たど》りついたということですか？」

と、笑った。

「殺されたのは、菊地文彦という旅行作家で、『小さな歴史見つけた』というタイトルの本を出しています」

「その本なら、私も読んだことがある」

「ひょっとして、菊地文彦は、先生に会いに来ているんじゃありませんか？」

と、十津川は、きいた。

「いや、会ったことはない。私に会いに来ることになっていたんですか？」

「菊地文彦が姫川村で、三浦セツさんのことを調べていたことは間違いありません。早瀬家とは、今でも親しいんですか？」

十津川が、きくと、三浦圭介は、なぜかムッとした顔になって、

「いや、今は、ほとんど付き合いはありませんよ」

と、いう。

「どうしてですか？　三浦大尉とセツさんとは結婚して、お子さんもできた筈ですが」

と、十津川はきいた。

「しかし、従祖父《おおおじ》もセツさんも子供も、昭和二十年三月十二日に死んでしまいましたからね。その後、向こうの早瀬家は大騒ぎでしたが、終戦で何もかもが消えてしまいました」

と、三浦は、いう。

「セツさんは、烈女ということで姫川村に大きな顕彰碑が立てられたと聞きましたが、大変な騒ぎだったそうですね？」

「新聞記者が集まったり、花火が上がったりして、そのうえ、海軍大臣の遣いが烈女の墓に花を掲げたりして、烈女の墓を一目見ようと行列ができたとも聞いています」

「三浦家の人たちも、献花に行かれたんですか？」

十津川が聞くと、三浦は、それには答えず、

「しかし、不思議なものですね。特攻の主役は従祖父なのに、大騒ぎされたのは、心中をした妻子のほうなんですから」

と、怒ったようにいった。

「烈女の墓には、あまり嬉しい感じは持たれていないようですね？」

十津川は、遠慮ないところで、口にした。

「今もいったように、戦後、うちと早瀬家との付き合いは、ほとんどないんですよ。烈女騒ぎも消えてしまいましたから」

「姫川村の大きな記念碑は、誰が立てたんですか？　建立には軍か政府から、援助があったんじゃありませんか？」

「援助があったのは確かですが、建立に熱心だったのは早瀬家のほうで、こちらの了解も取らずに、さっさと建立を進めたようです。何しろ『烈女の墓』で、『特攻隊員の妻の墓』じゃありませんからね」

そのいい方に、十津川は、小さな棘《とげ》を感じた。

「あの石碑ですが、私が見たところでは、粉々に砕けています。あの壊れ方は、地震と津波だけではありませんね。大きく真っ二つに割れることはあっても、あんなに小さく砕けたのは、人間の手が加わったからだと思います。三浦先生は、どう思いますか？」

「わかりません。たぶん早瀬家では、烈女の墓が必要だったから、こちらに何の相談もなく建立したのでしょうし、必要なくなったので、小さく砕いてしまったんじゃありませんか？」

三浦の説明には、どこか突き放したような冷たさがあった。

「先生は、烈女の墓に、あまり関心がないみたいですね？」

「私は、早瀬家のことを、ちょっと調べたことがあるんですよ。昔、あの辺りに宇津木藩という小藩があって、早瀬家は、その家来だった。それが、伊達家に滅ぼされた。その後、早瀬家は、何とか家の復興をしようと考えてきた。海軍もその一つの手段だったというのです。しかし、男子に恵まれず、女のセツさんしかいなかった。そこで、海軍兵学校を首席で卒業した従祖父、三浦大尉に目をつけた。あのまま、海軍大学校を卒業して海軍大将になり、海軍大臣にでもなったら、早瀬家は再興される。ただ、早瀬家の希望の星は、女性のセツさんだったから、こっちの三浦広之を婿に迎えなければならない。結局それにには失敗した。セツさんは、三浦広之の嫁になった。

それでも、私の従祖父に、早瀬家再興の期待を持っていたようです。セツさんは、従祖父と仲が良く、子供もできましたからね。このまま、従祖父が出世すれば、三浦家にとっても名誉なことだし、早瀬家にとっても二分の一くらいは、再興できたことになる。

ところが戦局が悪化して、特攻の問題が浮かび上がってきた。若い兵士たちに、死ぬことが要求されるようになったわけですよ。大将、元帥になる前に、特攻が要求されるようになってしまった。旧家の復興を、若い士官に託しても、名を挙げる前に、特攻で亡くなってしまう時代を迎えてしまったのです。それでも、最初のうち、特攻は英雄、あるいは神様扱いだった。家の誇りだったのです。しかし、特攻が日常化すると、扱いも小さくなっていきました。何しろ五千人を超す若者が特攻で死に、政府も軍も、正確な人数さえわかっていなかったのですから」

さすがに学者らしく、話し出すと、三浦は止まらなかった。

「国民総特攻の掛け声で、昭和十九年には全国の中学校が授業中止になって、生徒たちは、工場に動員されて働くことになりました。戦闘激化のなか、のんきに授業なんかやっているヒマはない。戦力増強のために働けというわけです。

ところが、軍の学校、海軍でいえば、兵学校、大学、陸軍なら、陸軍幼年学校、士官学校、大学は、平常通りの授業と訓練をやっているんです。それどころか、学生の数を増やしているんです。だから、こんな不思議な光景もあったというのです。陸軍で士官学校を出ると、少尉として、連隊に配属される。海軍なら、艦船への配属です。本土決戦が叫ばれ、一億総特攻が口にされているのに、士官たちは、将来の出世にはどうしても陸大、海大を卒業しなければ軍の中枢に入れないというので、受験勉強に熱中している。

奇妙な光景ですよ。他にも奇妙な光景が見えるのです。国民には、徹底抗戦を叫びながら、その一方で和平工作を行っていたのです。もちろん、和平工作も必要ですが、その場合は戦後のことを考え、なるべく若者を死なせないようにすべきでしょう。それも、技術を持った若者は戦後の復興に備えて、殺されないようにする。

同じ敗戦国でもドイツはそれを実行し、志願の特攻はやっていません。それが敗戦国の必要な行動だと思うのです。ところが、あの時の軍や政府の行動には、計画性が全くありません。目を蔽《おお》うばかりのでたらめさです。和平を求めながら、その時に必要なこと、不必要なことがわかっていない。和平に走るなら、なるべく早く、実行する。その間の損失を、最小限にすることが何よりも必要なのに、それとは全く反対のことをしているのですよ」

「それが特攻作戦というわけですか？」

と、十津川が、きいた。

「そうです。和平工作をしているということは、戦争を止めたいわけです。平和が来て、荒廃した日本を再建するためには、何よりも若者の力が必要ですよ。誰にでもわかることなのに、若者をどんどん殺してしまうんだから、こんな矛盾する話はありませんよ」

「なぜ、当時の政府や軍部は、そんなバカげたことを考えたのでしょうか？」

「頭が固い。一局面だけを見て、全体を見ていない。海軍あって国家なし、陸軍あって国家なしということでしょうね。特攻についても、志願ならいいが、命令なら駄目だとか、特攻隊員の純粋な精神は尊いとかいっている。そんなことより私は、日本にだけ特攻という、あんな特別な攻撃があったことが異様で、怖いのです。どんなに追い詰められても、死ということで解決しようとは考えてはいけない。それは単なる自己満足で、何の解決にもならないからです。それを自覚して改めないと、日本という国は孤立して、次の時代には生きていけないのではないかと、考えてしまいます」

「三浦大尉が取った行動にも反対ですか？」

「そうですね。従祖父のやったことですから、できれば、認めてあげたいとは思うのですが、反対です」

と、三浦が、いった。

「それでは、『烈女の墓』を立てた早瀬家の人たちの行動は、どうですか？」

「狂気でしかありません。否定しなければならないものに対して、万歳を叫んでいますから」

三浦は、強い口調でいう。

「念のために、お聞きしますが、烈女の墓を粉砕したのは、あなたですか？」

十津川が、きいた。

一瞬、返事をためらってから、三浦は、

「私は、そんなバカなことはしない」

と、いった。

3

亀井と本多まさみは、岩手県庁を訪ねた。

受付で、最初から亀井が警察手帳を示し、東京で起きた殺人事件の捜査をしていることを告げると、特別に副知事が応対してくれた。

高木由美子《たかぎゆみこ》という五十代の女性の副知事である。

「戦争中、姫川村で『烈女の墓』が立てられ、お祭りがあったという話は聞いたことがあります」

と、高木由美子はいい、そのお祭り騒ぎに関する資料が残っていると、奥から段ボールを運ばせた。

中に入っていたのは、当時の新聞、役所関係の文書、大臣からの祝電、祝いに作った菓子の表装と写真などだった。

二人はまず、当時の新聞を広げてみた。昭和二十年五月の三日間の新聞である。

当時、物資不足から、すでに夕刊は廃止された上、朝刊も、たった一枚だけになっていた。その表は特攻の写真と記事で占められ、裏は三日間続けて、「烈女の墓」の写真と記事だった。

当時の知事と、早瀬家の人たちによる除幕式の写真。子供たちによる提灯《ちょうちん》行列。姫川寺に立てられた高さ三メートルの「烈女の墓」を見に来る人々の行列。全て「日本海軍報道部」の後援になっていた。

終戦直前の五月である。国民も疲れ切って、厭世《えんせい》気分も生じていた頃だから、軍部は、この烈女の話題で、国民の意気を盛り上げようと考えていたのだろう。

段ボールの中には、海軍大臣などからの祝電も入っていた。

三浦夫妻の結婚式の写真も入っていた。

「今の私なんかには、とてもできませんけど、昔の日本の女性は、立派だったんだと思いますよ」

と、副知事の高木由美子は、いう。

「でも、私にはわかりません。夫を励ますためだとしても、自殺する必要があったんでしょうか？　それも生まれたばかりのわが子を道連れにして」

まさみが、相変わらず首を傾げている。

高木副知事は、

「でもね」

と、まさみを見た。

「私の母なんかは、自殺したセツさんの気持ちがよくわかるといっていました。戦争中、息子の戦死を知らされた母親が、涙一つ見せずに『よくぞ死んでくれました』といったといわれています。今の若い人たちから見れば、異常かもしれませんが、昔の女性は、それだけ気丈だった。ある意味、立派だったともいえるんじゃありませんか？」

それに対して、まさみが、また、何かいい返そうとするので、亀井が、

「問題の『烈女の墓』ですが」

と、割り込んでいった。

「その後、どうなったんですか？　終戦で扱い方も変わったんじゃありませんか？」

「そうですね。これも先輩から聞いた話ですが、八月十五日までは、あの記念碑に、毎日のようにお花を持ってやって来る人がいたのに、十六日からは誰の姿も見えなくなったというんです。それどころか、平和運動をやっているという女性がやって来て、こんな石碑は、日本女性の恥だから、すぐに壊してしまうべきだと演説したそうです」

「県でも、壊してしまおうという話があったんですか？」

「あったそうです。壊さなくても、大きな袋を作って、記念碑にかぶせたことも、あったそうです。そんな写真を見たこともありますから。一番強かったのは、女性団体からの抗議です。あれでは、日本女性が戦争を賛美しているように思われて、困るというのです」

「結局は壊されなかったんですね？」

「一応、所有者は早瀬家ということになっていましたから。日本海軍自体も終戦でなくなっていました」

「早瀬家は、記念碑をそのまま、持ち続けるということだったのですね？」

「戦後はほとんど、沈黙していたようです。それに、三浦家とは関係を絶っているようです」

「そして、東日本大震災の時に記念碑が壊れてしまったわけですね？」

「地震と津波で崩れたことは、間違いありません。二つに折れてしまったといわれています。ところが、その後、何者かが夜中にダイナマイトを使って、今のように粉々にしたというのです。犯人は、まだ捕まっていません。警察も本気で捜す気はないようで、壊れてほっとしているのかもしれません」

「記念碑の三浦セツさん、早瀬セツさんといったほうがいいんですかね、どういう女性だったんですか？」

「私はもちろん、会ったことはありませんが、碑が立てられた頃、彼女のことを聞きに来る人があまりに多いので、県庁では、簡単な説明パンフレットを作って配っています。そのくらい人気があったということでしょうね。それが残っていますから、読んで下さい。当時の雰囲気もわかると思います」

古びたパンフレットを、副知事が、本多まさみに渡した。

ハガキ大のパンフレットである。

「烈女三浦セツの横顔

三浦セツ（旧姓早瀬）は、大正十三年三月三日のひな祭りの日に生まれた。

早瀬家は、宇津木藩三万石の家老であった。才色兼備のセツは、その後、海軍兵学校を首席で卒業した三浦広之と知り合い、翌年に結婚。男子を産んだ。

しかし、戦局が悪化し、三浦大尉は、特攻隊員の訓練に当たることになり、生徒たちが特攻出撃するのを見送る中、自分も彼らに続く決心をするようになった。

それを知った妻のセツは、自分が生きていては、夫の決心を揺らしてしまうことにもなると、入水自殺を遂げた。

三浦大尉も妻のセツも、個人的な愛よりも大きなもの、大義のために死んだのである」

まさみが、副知事にきいた。

「三浦夫妻は、あの世で満足しているんでしょうか？」

それに、高木由美子が、こう答えた。

「二人とも自分たちの望む死に方をしたんですから、満足していると思いますよ」

4

十津川は、ここまでにわかったことを三上《みかみ》本部長に報告した。

それに対する三上の第一声は、

「難しい事件になりそうだな」

だった。

「私も君も、戦後の生まれで戦争も特攻も知らない。その戦争に原因がある殺人事件だとすると、解決は難しくなるんじゃないか？　七十年以上も前のことだからね。捜査のためには、太平洋戦争のこと、特攻のことを勉強しなければならないんじゃないか？」

「その通りです」

十津川は、肯いた。

彼は、三上本部長よりもさらに若いのだ。

戦争から遠い生き方をしてきたのに、戦争に絡む事件の解決に当たらなければならないのである。

鹿屋の史料館で、広報の仕事をしている菅野が、いっていたではないか。

「令和の位置から特攻を見て、賛否を口にしないでほしい。昭和二十年に戻って、特攻を見てほしい」

と。

しかし、そんな器用なことができるのだろうか？

もし、間違えて現代の目で事件を裁いてしまったら、どうなるのだろうか？

そんな心配が、十津川の脳裏をよぎる。

「これから、どんな方法で捜査を進めていくつもりかね？」

と、三上が、きいた。

「もちろん、現場周辺の聞き込みもやりますが、戦争中に事件の根があると思えるので、昭和二十年三月十二日に特攻で死んだ三浦大尉についての資料を調べ、彼のことを知っている人がいれば、会って、話を聞くつもりです」

「しかし、三浦大尉のことは、すでに、全てわかっているんじゃないのかね。海兵七〇期で、昭和二十年三月十二日、特攻出撃をして死亡。これが三浦大尉の全てなんじゃないのかね？」

「確かにそうですが、念のために、三浦大尉について再捜査したいのです。三月十二日に特攻出撃しているのですが、その出撃も何となく、おかしいのです。その件ももう一度、調べたいと考えています」

と、十津川が、いった。

太平洋戦争について書かれた本は無数にある。同じように、特攻について書かれた本、特に航空特攻について書かれた本も無数にある。その基礎となった世界大戦の資料、特攻についての資料もまた、無数にあり、その見方はさまざまだ。

十津川が調べると、現在のところ、特攻に対する見方には一つのスタンダードがあるようなのだ。

特攻は、作戦としては非道だが、その特攻で死んでいった若者たちの純粋な精神は、称賛に値する。

これが現在のところ、特攻についての一般的な見方である。もちろん、国会図書館で調べた中には、もっと極端な意見もある。

特攻作戦も特攻という行為自体も、全てを、称賛する見方もある。逆に、作戦が非道なら、特攻隊員の死も無駄死にだと断定する意見もある。そうした極端な意見は今のところは少数で、全体的にいえば、作戦としては非道だが、特攻で死んだ若者たちの純粋さは称賛に値する。この説がスタンダードだろう。それにしたがって考えるのは楽だが、今回の事件の解決には、もっと違った見方が必要らしい。

だから、十津川は考える。

この物差しで今回の事件を考えたら、どんな結論が出てくるのか？

三浦大尉。当時二十四歳。沖縄に侵攻してきたアメリカ艦船に特攻出撃し、空母に体当たりして死んだ。この行為は崇高である。ただし、特攻作戦そのものは間違っていた。

この物差しで、今回の事件を解決できるのだろうか？

特攻で死んだ三浦大尉の行動が称賛すべきものなら、特攻作戦もまた称賛すべきではないのか？

逆に特攻作戦が間違っていたのなら、三浦大尉の死もまた、間違っているというべきではないのか？

しかし、そう考えてしまうと、今回の事件は解決できなくなってしまう。

そこで、戦争と作戦ということについて考えてみた。戦争はあくまでも非道である。個人の気持ちなど無視して、戦闘は行われる。そう考えると、作戦としての特攻は間違っていたのだろうか？　非道であると、その一言で片づけてしまっていいのだろうか？

戦争について、戦争は経済だという考え方が、西洋的な考え方の中にはある。戦争というものは、いかに損失を少なくして、大きな戦果を上げるかにかかっている。それが戦争というものだという考え方である。

そう考えた場合、果たして、日本が行った特攻作戦は経済的だったのかどうか？

二日間で、十津川は、特攻に関して書かれた本を十数冊読み通した。その中で、アメリカの海軍大将スプルーアンスが書いた、特攻についての言葉に注目した。

スプルーアンスは太平洋戦争で、ミッドウェー海戦の指揮を執り、初めて日本の連合艦隊を打ち破った提督である。彼はアメリカの大機動部隊を率いて、フィリピンのレイテ島に上陸するマッカーサーの軍隊を援護し、その時に、初めて日本海軍の神風特攻隊、敷島隊の関大尉たちの攻撃に晒《さら》されたのである。

関大尉率いる五機のゼロ戦は、一機一艦ずつ体当たりして、撃沈あるいは大破させて大成果を挙げた。そのため、特攻攻撃の成果を過信した日本海軍の指揮官たちが、その後も特攻を続ける理由になってしまったのである。

その初めての特攻攻撃にぶつかったスプルーアンスは、神風特別攻撃隊についてこう書いた。

「神風特別攻撃隊は、その時点での選択から見て、最も経済的で合理的な攻撃だった。当時の日本軍の力から見て、あの神風特別攻撃隊以上の経済的な攻撃があり得たとは思われない」

レイテ決戦の時の神風特攻隊を称賛しているのである。戦争というものはいかに小さな力で大きな打撃を相手に与えるか、それにかかっている。それを考えれば、レイテ決戦時の神風特別攻撃隊は、最も合理的で妥当な攻撃であると称賛しているのである。

この敵将スプルーアンスの称賛を受けて、だから特攻は正しかったのだと簡単に喜んでしまう人がいるが、この称賛には、もちろん大きな前提がある。

アメリカ人の彼から見れば、当然の前提なのだが、それは特攻が志願だということである。これが命令だったり、強制によるものだったりすれば、スプルーアンスの称賛は、消えてしまうだろう。

そうしたことを調べた後、十津川はもう一度、三浦大尉の特攻について考えてみた。

三浦大尉の特攻が命令や強制だったとは思わない。三浦大尉は腕がよく、海軍も彼には新人パイロットの訓練を依頼していたくらいなのだ。三浦自身は、自分の教え子が次々に特攻で死んでいくのを見送りながら、自分も必ず後から行くと、そう約束していた。

その約束を守るために、昭和二十年三月十二日に、ただ一機で、沖縄に侵攻してきたアメリカ艦船に体当たりするために出撃している。

こう考えると、彼の行為が、強制だったとは思えない。したがって、三浦大尉の特攻は強制されたものではなく、何の問題もない。

問題があるとすれば、果たして沖縄でアメリカの艦船に突入して、戦果を挙げることができたのかどうかということである。その例として取り上げられるのは、多くの場合、関行男大尉だった。

関大尉の指揮する敷島隊の五人は、それぞれ一艦ずつ体当たりして沈没、あるいは大破させて大きな戦果を挙げている。

しかしその後、特攻に対するアメリカ側の防衛も本格化して、体当たりの前に撃墜されるか、失敗することが多くなった。昭和二十年三月十二日の三浦大尉にしても、一機で突入したことは知られているが、果たして戦果を挙げられたのかどうかはわからない。

わからないのが当然である。この日、戦果を確認する直掩機《ちょくえんき》もつけずに、たった一機で、それも海軍の特攻基地である鹿屋ではなく、臨時に急造された針金基地から出発しているのだ。

その理由について、三月十二日当日、アメリカ機動部隊の艦載機が、九州各地の基地を空襲し、そのため鹿屋基地が使用できず、やむなく臨時の針金基地から飛び立ったというのである。

アメリカの機動部隊が、本土上陸に備えて、連日のように、九州の特攻基地を爆撃していることは明らかになっているから、十津川は簡単に信じてしまったのだ。

しかし、この頃、特攻は五機、十機とまとまって、九州から出撃している。陸軍も海軍も同様で、たった一機で出撃する例は少なかった。

(何となくおかしいな)

と、感じて、十津川は、昭和二十年三月十二日の海軍の特攻記録を調べてみようとした。

これと、アメリカ側の記録を突き合わせれば、正確なことがわかってくる。

十津川は、昭和二十年三月十二日の三浦大尉の単独出撃について、記録と照らし合わせてみた。

海軍の記録によれば、間違いなくこの日、針金海軍基地から、海軍大尉のゼロ戦に二五〇キロ爆弾を搭載した特攻機一機が出撃していた。

「戦果不明ナルモ敵艦ニ突入シタ模様」

とある。

これで、三浦大尉の操縦するゼロ戦が出撃し、敵艦に突入したことは間違いないとわかった。

それでも、十津川は念のために、この日のアメリカ機動部隊の動きも、調べてみた。

三月十二日前後の模様は、こうなっている。

三月九日　アメリカの機動部隊の艦載機一五〇機、九州の各基地を空襲。

そのため、特攻機を急遽、疎開させ、特攻機の出撃なし。

三月十日　アメリカ機動部隊、ウルシー環礁の基地に帰還、休養。

そのため、アメリカ艦載機による本土空襲なし。

海軍特攻機十二機、陸軍特攻機八機により沖縄周辺のアメリカ輸送船を攻撃。輸送船二隻撃沈。三隻大破。

三月十一日　梓《あずさ》特別攻撃隊、二十四機にて、ウルシー環礁攻撃。多大の被害を与えたる模様なすも詳細不明。

アメリカ機動部隊の姿、九州周辺になし。

三月十二日　針金基地より特攻機一機（三浦大尉）出撃。戦果不明。

アメリカ機動部隊の来襲なし。


「おかしい」

と、十津川は、思った。

鹿屋史料館では三月十二日、アメリカ機動部隊の艦載機が大挙して、九州の特攻基地を攻撃したため、海軍の鹿屋基地が使えなかったので、三浦大尉は、臨時に造られた針金基地から出撃したといっていたからだった。

この日、海軍の特攻が鹿屋を使用せず、たった一機の三浦大尉機が針金基地から出撃したことは、どうやら間違いないらしい。

別に、それを隠してはいないのだ。

ただ、なぜか、その理由をアメリカ機動部隊の艦載機が、大挙して九州地方を空襲したためと、鹿屋史料館の広報官菅野は、説明している。

明らかに嘘なのだ。

前日の三月十一日は、中型爆撃機「銀河」二十四機で編成された梓特別攻撃隊が、太平洋を三千キロ飛んで、ウルシー環礁のアメリカ海軍基地を特別攻撃している。

九日まで、日本本土周辺を二百機から三百機の艦載機で攻撃していたアメリカ機動部隊が、休息のため、ウルシー環礁に帰投して、休養と補給をしていたのを特攻したのである。

しかし、予期した損害は、与えられなかった。といっても、正式空母が一隻大破して、百人を超す死傷者を出している。

翌十二日は、死者の埋葬や補給の続きなどで、日本本土の攻撃は無理だろうし、実際にも、アメリカ機動部隊は十五日まで、ウルシー環礁から動いていない。

それなのに、海軍の鹿屋基地では、三月十二日、アメリカ艦載機の大空襲で、鹿屋基地が、使用できなかったことになっているのである。

なぜ、こんな嘘が、記録されているのだろうか？

損害を隠すための嘘ならわかる。戦時中、日本の陸海軍の大本営は、敗勢を国民に隠すために、嘘を突き通してきた。確かに、国民を騙したことは許せないが、嘘をついた理由はわかる。

だが、三月十二日の件は、どう考えてもわからない。

空襲があったのに、なかったというのなら、わからないこともない。空襲での被害を隠すためだと推測できるのだ。

しかし、その逆なのだからわからない。アメリカ機動部隊の来襲があったと記述されているが、それは全くなかった。アメリカ機動部隊は、この時、太平洋上のウルシー環礁にいたからである。

結局、同じ疑問が、残ってしまう。

唯一の答えは、「三浦大尉を臨時基地、針金から出撃させるため」ではないかということになってくる。

しかし、この説明は、納得しにくい。針金基地を、わざわざ三浦大尉に使わせる理由がないからである。

それは、三浦大尉に鹿屋基地を使わせなかったことになって、その理由が、見つからないのだ。

この日、アメリカ機動部隊は、ウルシー環礁から動かなかった。

日本海軍の梓特別攻撃隊が前日の三月十一日、ウルシー環礁を、特攻攻撃していたのだから、日本海軍は、翌十二日に米軍が、日本本土を攻撃してこないことは、間違いなく知っていた筈である。

それなのに、なぜ、嘘をついたのか?

考えていくと、唯一の結論に行きついてしまう。

三浦大尉を鹿屋基地から出撃させないためではないかという奇妙な結論である。

三浦大尉は、当時の海軍上層部に嫌われていたのだろうか?

これは、考えにくい。

海軍は、彼の高い技量を認めて、新人パイロットの訓練を依頼した。彼は、熱心にこの仕事に当たっていたが、戦局は悪化していき、特攻作戦が取られることになった。

そうなると、三浦大尉も戦闘機による空中戦の訓練、爆撃機による爆撃訓練の代わりに、体当たりの訓練を教えることになってしまう。

三浦が、特攻に、賛成なのか、それとも、反対なのかはわからない。が、上からの命令に反対したという話は聞こえず、特攻訓練に務めている。

ただ、三浦は、教え子を見送る時、必ず後に続くから待っていてくれと、そう約束していた。

そして、三月十二日に、約束を守ってただ一機、特攻出撃をした。約束を守ったのだ。

こう見てくると、三浦大尉は、当時、日本海軍の英雄であり、危険分子ではなかったことになる。

したがって、わざわざ、特攻基地の鹿屋を使わせず、臨時基地から出撃させる必要はなかったのである。

やはり、不可思議である。

さらに、推理を進めていくと、最後に妻、三浦セツの名前にぶつかる。彼女が原因なのではないかという疑いである。

三浦セツは、同じ三月十二日に、郷里の姫川村で入水自殺している。その行為が一般の国民には「烈女」と称賛されたが、その行動が海軍の上層部の不興をかったのではないかという考えである。彼女の行動が、あまりにも奔放だったために、怒った上層部が、夫である三浦大尉の特攻攻撃に制約を与えたのではないかというのだ。

しかし、細かく調べていくと、ノーの答えになってしまう。

三月十二日。三浦大尉が針金基地を離陸したのは、午前八時三〇分だった。

それに対して、三浦セツと一歳の子供の心中死体が発見されたのは、午前九時五〇分となっている。つまり、三浦大尉が出撃した時、まだ妻セツとその子の死体は、発見されていなかったのである。

三浦大尉は、妻のセツの死を知らずに出撃し、知らずに死んだことになる。そのことが幸いだったのか、不幸だったのかはわからないが。

5

十津川は、昭和二十年三月十二日の針金基地の出撃模様を写した写真を、大きく引き伸ばして、捜査本部の壁に貼り出した。

次に、他の出撃風景の写真を集めて、同じ大きさにして、並べて貼っていった。

当時の軍部は、特攻を国民の戦意高揚に利用していて、その出撃写真は、新聞に発表されたりして数多く残っている。

最初の神風特別攻撃隊についていえば、特攻の生みの親といわれる大西中将が、敷島隊の関大尉たちと、決別の盃を交わす写真が残っていた。

また、関大尉たちの敷島隊のゼロ戦が、二五〇キロ爆弾を積んで、次々に出撃していくのを、基地の空爆長や整備長たちが手を振って、見送る写真もある。

出撃する若者たちを、二、三日世話していた女学生たちが、桜の小枝を振って見送る写真もあった。

出撃を待つ特攻隊員たちが、仔犬《こいぬ》とたわむれている写真もある。

そうした何枚もの写真を見つめていると、亀井が、入ってきて、

「特攻の出撃風景ですか」

と、いい、十津川の隣に腰を下ろして、壁一杯に貼られた写真に見入った。

「こうして見ると、意外に賑やかなものですね。もっと悲しいものだと思っていたんですが」

「死は、まだ写っていないからね」

と、十津川は、いった。

「それに、出撃する隊員たちも、この時には覚悟が決まってしまっているからじゃありませんか」

「その代わり、覚悟が決まらない隊員は、悲惨だったらしい。ひとりでは操縦席に上がれないので、整備兵が無理矢理、身体《からだ》を担ぎ上げて、操縦席に押し込んだらしいから」

そんな言葉が、続かず、ポツン、ポツンと切れてしまうのは、やはり死に向かう出撃だからだろうか。

「警部は、何を探しているんですか？」

間を置いて、亀井が、きいた。

「カメさんは、意外に賑やかですねと、いった」

「見送る人の数も多くて、滑走路には何機も並んでいますからね。それを確認しているんですか？」

「いや。それと、たった一機の出撃の三浦大尉の出撃風景を比べてみているんだ」

と、十津川が、いった。

「比べて、どうするんです？」

「他の出撃風景に比べて、いかにも寂しいじゃないか」

「たった一機の出撃ですから、仕方がないと思いますが」

「それに、見送る人間が、たった三人だ。その中の二人は、整備員だから、実質、見送る人間は、たった一人ということになる。それに、他の飛行場では、全員が手を振っているが、三浦大尉の場合は、よく見ると、手を遠慮がちに挙げているが、振ってはいない」

「警部が、何をいわれているのか、わかりませんが」

亀井が、いった。十津川は、黙ってしまった。

黙って、写真を見つめている。
五、六分も、そのまま見つめていたが、突然、
「カメさん。やっぱり、これは懲罰だよ」

と、十津川が、いった。

「何がですって？」

と、亀井が、わからずに、きく。

「鹿屋基地を使わせず、臨時の小さな基地を使わせた。たった一機で出撃させた。見送

るのも、実質たった一人。手も、はっきりと振らない。全て海軍上層部の、三浦大尉に対する懲罰としか考えられない」

「しかし、三浦大尉は、立派な人物ですよ。だからこそ、彼には特攻を指示せず、若者の訓練を任せたんだと思いますが」

「だが、これは明らかに懲罰だよ」

と、十津川は、繰り返した。

しかし、十津川はその理由をいわずに、また考え込んでいたが、

「これが動機だったかもしれないね」

と、いった。

「何の動機ですか？」

「もちろん、殺人の動機だよ。今まで、菊地文彦が殺された動機がわからなかった。別れた元妻の本多まさみが原因ではないかと、考えたこともあるが、彼女と一緒に行動していると、どう考えても、彼女が殺人の原因だとは、思えないのだ」

「それに、彼女にはアリバイがあります」

「とすれば、被害者が、調べていたことが、原因ということになってくる。三浦広之と、妻のセツのことだ。確かに、二人の人生は、今から考えれば、平凡なものではない。三浦広之は、二十四歳で特攻死しているし、セツは、同じ日に自死している」

「現代のわれわれから見れば、異常ですよ」

「しかし、だからといって、七十年以上も前の出来事だし、当時は、異常とはいえなかった。三浦大尉の死は、英雄の死で、当時は、神といわれたし、妻セツの死も、烈女の死として尊敬された」

「しかし、それでは、殺人の動機にはなりませんよ」

「そうだよ。異常だが、当時は立派だったということで完結してしまうと、殺人事件の解決にはならないんだ」

と、十津川が、いった。

「それで、警部は、三浦大尉の特攻出撃が、懲罰ではないかと、思われたわけですね」

「じっと出撃の風景の写真を見ていると、他の出撃とは違って思えるんだよ。確かに、死出の旅だから、どの特攻出撃だって、悲壮感が漂っている。しかし、それを何とかして、明るく勇ましいものにしようとする努力が見られるんだ。全員揃《そろ》って、手を振って見送るとか、女生徒たちが、桜の小枝を振るとかね。関大尉の敷島隊の出撃では、最高司令官の大西中将が、わざわざ関大尉たちと別れの盃を交わしている。ところが、三浦大尉の場合は、そうした配慮が全くない」

「だから、懲罰ではないかと」

「鹿屋基地が使えたのに、使わせない。当時、五機十機で出撃していたのに、たった一機で出撃させている。見送る人も、実質たった一人だった。特攻隊員は、生ける神だからね。その扱いとしては、冷たすぎるんだよ。そこに海軍全体の意思を感じるんだ」

「しかし、三浦大尉には、懲罰を受ける理由が見出《みいだ》せませんよ。それどころか、当時でも今でも、立派な軍人です。生きている時は、海軍兵学校出身のエリート。戦闘機乗りとして抜群の技量。そして、生徒との約束を守って、特攻死を遂げているんですから」

「確かに、カメさんのいう通りだ。自分も必ず後に続くと、特攻隊員を見送っておきながら、戦後、平気で生き延びている軍の幹部も多いからね。なおさら海軍の対応が、異常に映るんだよ。何か、理由がある筈なんだ」

「殺された菊地文彦は、それを解明したんでしょうか。また、それを『小さな歴史見つけた』として記事にしようとした。そのことが、殺される理由になったのかもしれません」

「それなら、われわれも、この懲罰の理由を調べ出そうじゃないか。殺人事件解決に繋がるかもしれないからね」

と、十津川は、いった。

しかし、難しさもわかっていた。七十年あまり前の出来事だし、特攻の一つのエピソードとして完結しているからである。

亀井が、いった。

「菊地文彦は、三浦夫妻のことを調べています。彼は、粉々に砕かれた烈女の墓を見て、墓の主人公に興味を持ったに違いありません」

「私たちも同じ考えで、三浦セツと、夫の三浦大尉について調べている。特攻という戦い方は、日本独特のものだが、五千人以上が特攻で死んだというから、個人的な殺人の動機にはなりにくい。三浦夫妻についても、セツが自ら夫のために死を選んだという愛情の表現は、確かに異常だが、戦争中、特に追い詰められた状況の時には、むしろ称賛されるべき愛の形だったんだ。だから、烈女として、記念碑まで立てられた。そう考えてくると、殺人の理由には、かえってなりにくくなってくるんだよ」

「三浦セツの行動は、特攻隊員の妻としても異常なんでしょうか」

「それを知りたくて、調べたことがあったよ」

「あの時は、同じ特攻隊員だった神風特別攻撃隊の敷島隊の関大尉の夫婦について調べましたね。よく覚えています」

亀井は、手帳を取り出して、

「関大尉の妻、満里子。関大尉が特攻を命ぜられた時、結婚五ヶ月でした」

関大尉は、最初の特攻隊員としても有名だし、彼が指揮した五人の特攻機は、五隻のアメリカ艦船に命中してそれぞれ撃沈、あるいは大破させた。

最初の特攻隊員であり、最初に成功したことでも有名なのだ。

しかし、最初、関大尉は、特攻に反対だったともいわれている。説得されて、特攻を承諾しているが、関大尉は、最後まで積極的な賛成ではなかったので、

「自分は、御国のために死ぬんじゃない。愛する家族をアメリカから守るために死ぬんだ」

と、いっていたという。

特攻死して、二階級特進した。

しかし、今回、十津川が注目したのは、妻の満里子のほうだった。

特攻隊員の妻は、戦後、どのような生き方をしたのかを知りたくて、亀井と二人、関大尉の妻、満里子のことを調べたことがある。

「関満里子は、戦後、女子医大に入って医療の勉強をしています。その後、医者と再婚をして、子供を二人もうけています。平凡ですが、幸福な人生を送っていますね」

と、亀井が、手帳のページを見ながら続けた。

「おそらく、特攻隊員の妻たちは、戦後の苦しい時期を一生懸命に生きて、再婚した女性もいただろうし、独身を貫いた女性もいただろうと思うのです。烈女セツの生き方、いや、死に方ですが、それも、戦時中の一つの形と考えれば、さほど問題ではないのかもしれません」

「しかし、終戦の後になって、烈女の碑は壊されかけたり、袋をかぶせられたりしたといわれている」

「戦後の急激な変化は、日本中のあらゆる世界で起きています。戦争の英雄が殺人犯になった例もあります。価値が逆転してしまいました。ただ、セツは、すでに死んでいるわけですから、彼女の行動が現在に影響しているとは思えませんが」

「令和の殺人事件とは、関係ないか？」

「彼女の入水自殺が、今まで秘密になっていて、今回明らかにされた。菊地文彦が、それを発見したというのであれば問題ですが、すでによく知られていて、記念碑にまでなっています。それが戦時中は称賛され、戦後は批判されたわけですが、それも秘密だったわけではありませんから」

と、亀井が、いう。

「これでは、相変わらず行き止まりだな」

と、十津川は、いってから、

「これは、セツの愛情物語なわけだから、どのくらい彼女は、夫の三浦大尉を愛していたんだろうか？　それを知りたいね」

「調べますか？」

「ここまで来ると、知りたいね。何とか調べてみよう」

と、十津川は、いった。

6

まず、今までに、わかっていることから始めた。

姫川村の早瀬家は、宇津木藩の家老職だったことから、家の再興を願っていた。その期待を受けて生まれたのが、早瀬セツである。

男ではなく女だったが、セツは頭がよく、しかも美しかった。

そこで、早瀬家では、セツを軍人と結婚させることを考えた。男子にとって、当時、軍人になることも出世コースの一つだったからである。

陸軍の東条英機《とうじょうひでき》は、総理大臣になったし、海軍の米内光政《よないみつまさ》も総理になっている。終戦時の総理大臣、鈴木貫太郎《すずきかんたろう》も軍人である。

早瀬家が望んだとおり、やがて早瀬セツは、優秀な海軍士官の三浦広之と知り合いになり、愛し合うようになった。

三浦は海軍兵学校七〇期生で、すでにヒーローだった。

二人は結婚した。盛大な結婚式だった。

早瀬家としては、三浦が海軍大学校に進み（大学校へ行かないと少将以上にはなりにくい)、出世して大将になり、ゆくゆくは大臣にまでなってくれることを期待したのだろうが、三浦は航空教官として、生徒を訓練することになった。

さらに戦局の悪化とともに、必死攻撃の特攻が生まれ、三浦は、特攻訓練のための教官になった。

海軍大学校に進み、大将から大臣になる道は、かすかに残っていたが、三浦はそれを望まず、教え子が特攻出撃するのを見送った後、自分も彼らの後を追って、特攻出撃するつもりだった。

妻のセツは、夫が家族のことを思って気持ちが乱れるのを心配して、自ら入水自殺し、その志が烈女として称賛された。

それが今までにわかっていることである。

しかし、十津川たちは、資料や証言として、理解しているだけで、具体的ではない。

そこで、具体的に、どれほどセツが、夫の三浦のことを、愛していたかを調べてみることになった。

二人ともすでに、死亡しているが、調べていくと、断片的にではあるが、さまざまなエピソードが聞こえてきた。

二人は、あるパーティーで知り合った。

その直後、セツは女友だちに興奮した口調で、

「絶対に、あの人と結婚する！」

と、叫んだというのである。

三浦広之は、海軍兵学校七〇期、首席で卒業していたが、海軍大学校に進むつもりはなく、航空に進んだ。

海兵七〇期の写真が残っているが、三浦は長身で、なかなかの美男子である。

当時、連合艦隊司令長官は、山本五十六《やまもといそろく》。彼は、これからの海軍は、大船巨艦ではなく、航空機の時代になると、予言していた。

三浦もまた、そのことを予期して、航空の道を選んだのだろう。

セツと結婚した三浦は土浦で猛訓練に励み、その技量を見込まれて、教官になった。

その後、福岡の海軍航空学校の教官として赴任した。単身赴任だった。連日、若手の訓練に当たった。鬼教官の関とは違って、温和な優しい教官だったという。

セツは、毎週のように、福岡に通った。美人で、美しく着飾ったセツは、ここでも目立った存在で、若い訓練生たちは、セツの来る日を楽しみにしていたという。

セツのほうも、若い訓練生たちを、食事に誘ったりしたが、そんな時、夫の三浦と知り合った時の話をしたりしていた。生徒のほうも楽しんでいたらしく、教官夫人のセツと若い生徒たちを一緒に撮った写真も残っていた。

しかし、昭和十九年十月、戦局は、ますます悪化して、特攻が生まれるに到《いた》って、事情が大きく変化した。

セツは、たびたび現地を訪れていたのだが、それが禁止されてしまった。

「そこで、セツは毎日、夫の三浦へ手紙を書いたそうです」

と、亀井がいった。

「それを毎日、欠かさずに投函《とうかん》していたのか？」

と、十津川がきいた。

「それがですね、手紙を出すことが禁止されていたといわれています。特攻隊員の気持ちを乱してはいけないということで」

「すると、出せなかった愛の手紙が、どこかに残っている可能性があるんだな？」

「どこかに残っているという噂もあります」

と、亀井が、いった。

「それを、ぜひ読みたいね。三浦家にあるとは思えないから、持っているとすれば、早瀬家のほうだろう」

「ただ、早瀬の家族は、現在、行方がわかりません。三月下旬で仮設住宅を出た後の足取りが全くわからないのです」

「何とか見つけ出してくれ」

と、十津川がいった。

殺された菊地文彦が、早瀬の家族が仮設住宅を出る前に、そこを訪れた可能性がある。
その時、問題の「投函しなかった愛の手紙」を見たのではないだろうか?
それが、殺人の動機になったのではないのだろうか。

第四章　昭和二十年二月十二日最初の出撃命令

1

調べてみると、三浦大尉の手紙について、さまざまな噂があることがわかった。

特攻で死んだ若者たちは、航空特攻だけではなく、さまざまな方法、戦術の特攻も含めると、一万人近いといわれている。

その多くが独身だった。

彼らが書き残した遺書、家族への手紙の多くが発表され、あるいは、史料館に保存されている。

結婚していた特攻隊員の手紙も、そう多くはないが、発表されていた。

十津川は、そうした手紙に、片っ端から、眼《め》を通していった。

しかし、途中から十津川は、ひどい疲れを覚えるようになった。

そのほとんどが、型にはまっていたからである。

「父上様　母上様
二十三年間、誠に有難うございました。待望の敵機動部隊が現れ、天長節を明日に控えた本日、必死必殺の攻撃をかけます。必ず敵艦を木ッ端《こぱ》微塵《みじん》にして見せます。初志貫徹、再び生きて踏むことのなき祖国の繁栄を祈ります」

（神風特別攻撃隊　二十三歳）

「大命を拝し、只今《ただいま》、特別攻撃の一員として、仇敵《きゆうてき》撃滅の途に着きます。日本男子として、本懐これに過ぐるものはありません。必中必沈以《も》って皇恩に報い奉ります。私の本日あるは、父上様、母上様の御薫陶の賜《たまもの》と感謝致しております」

（陸軍特別攻撃隊　振武隊《しんぶたい》　二十一歳）

この二通の手紙は、どことなく似ている。
当時の日本では、厳しい手紙の検閲が行われていた。
思想統制である。
そのために、特別高等警察が生まれた。「特高」である。

特高は容赦なく、国民の間に入り込んできた。手紙は検閲され、もし、反戦、厭戦的な文章を書けば、呼び出され、時には刑務所に送られた。

特攻隊員は、死を覚悟しているのだから、何を書いても平気だろうといわれるが、違うのである。

当時の日本人は、今以上に家族単位の生活だったから、本人は平気でも、家庭に災いが及ぶのだ。いや、親族、時には郷土の人々にも災いが及ぶので、手紙にめったなことを書けない。

自然に、建前になってしまう。だから、どの手紙も似てしまうのだ。

「われ等《ら》には、ただ国あるのみ。日本男子として国に奉すこと、これ以上の本懐はありません」

「神州不滅を信じ、これより喜んで出撃して参ります」

自然に、こうした文章が多くなってくる。

妻子のある特攻隊員は、当然、妻や子に手紙を書いているが、本来、書きたいことをがまんして、夫、父としての建前の文章が多い。

「私のような男に、よく尽くしてくれた。この幸福を胸に抱いて、敵艦めがけて突入するつもりだ。私が死んでも泣いてはいけない。軍人の妻だ」

「只今から、出撃します。貴女《あなた》には、何も夫らしいことをしてあげられなかったこと、お許し下さい。私は、後顧の憂いなく出撃できます」

もっと、いろいろと書きたいことがあったと思われるのだが、どちらも筆をおさえて、書いている。

一方、妻から夫の特攻隊員への手紙は、夫がその手紙を抱いて、敵艦に突入してしまうので、残っていないこともあり、また、妻のほうは、夫以上に気を遣って書いているので、型どおりのものが多い。

発表された妻の手紙の多くは、

「家のことはご心配なく、軍務にお励み下さい」

といったもので、とても本音とは思えないものが多かった。

そんな中で、調べていくと、三浦大尉の手紙が興味深いものであるらしいという噂があることがわかった。

個人の名前が出ていて、その噂が根強く伝わっているというのである。

さまざまな分野に蒐集家《しゅうしゅうか》がいて、戦時中の絵ハガキや手紙だけを集めている人間がいるときいて、十津川は、その一人に会うことにした。

神田で書籍を扱う中島勝《なかじままさる》という六十代の男だった。

すでに三十年にわたって、軍人とその妻、きょうだいの手紙を集めているという。

「ずいぶん集めましたが、本音が書かれたものは少ないんですよ」

と、苦笑し、その中の五、六通を見せてくれた。

封筒やハガキに「検閲済」の印が、ペタリと押されている。

「これですからね」

「特攻隊員の三浦大尉と、妻のセツとの手紙が興味深いという噂があるときいたのですが、ご存知ですか？」

と、十津川が、きいた。

「われわれの間では、昔から噂になっています」

「なぜ、そんな噂が流れているんでしょうか。個人の手紙でしょう。見た人がいるんですか？」

「見た人がいたら、こんなに昔から噂は生まれないでしょう。とにかく、本音が書いてあるという噂がありますが、どう興味深いのか、具体的な話はないんです」

「なぜ、三浦大尉の個人的な名前が、出ているんでしょうか？」

「多分、奥さんのほうが、独特な人だからということだと思いますね」

「夫の三浦大尉のために、入水自殺したからですか？」

「ああ、その件ですか」

「そのことが評判になり、戦争中、郷里の姫川村に、烈女の墓が立てられています」

「私も、三浦大尉のことを調べたので、烈女の墓のことは知っています。しかし、その件は、立派すぎて面白くないでしょう。何しろ、烈女ですよ。夫の尻を叩いて、とにかく頑張れと叱咤《しった》する妻です。そんな妻の書いた手紙を読みたいと思いますか？」

と、中島が、笑う。

十津川は、はぐらかされた気持ちで、

「確かにそうですが、その女性の手紙を、何とかして見つけたいんです。辻褄《つじつま》が合わない感じですが」

「もう一つ、三浦夫妻は、手紙のやり取りを禁じられていたといわれています」

「それは、私もきいています。だから、相手に届かなかった両者の手紙が、どこかに残っているらしいときいています」

「しかし、おかしいとは思いませんか」

と、中島が、いう。

「おかしいですか」

「妻のセツは、烈女の墓が立てられるほど、当時の言葉でいえば、愛国婦人です。そんな女性が書く手紙が、夫の特攻の邪魔をする筈がないです。そうは思いませんか？」

「確かに、そうですが、そうなると、お互いの手紙は、出してはならぬ、受け取ってもならぬというのは嘘ということになりますが？」

「それが嘘なのか、あるいは理由が別にあるのか」

「しかし、セツは、あなたの言葉によれば、愛国婦人のかたまりみたいな女性でしょう。理由が別にあるとは考えられませんがね」

と、十津川は、いった。

「それは、烈女の墓のせいですか」

「そうです。あの墓は、実際にセツの生き方、死に方を意識して、海軍が費用を出して、作らせていますからね」

「しかし、十津川さん。私は、少しは、あなたより長く生きています」

「少しではなく、三十年です」

「したがって、私の若い頃は、まだ周りに戦争経験者が何人も健在で、その人たちからいろいろと話をきいています。それで、戦時中、特に戦争末期は、いかに陸海軍が嘘をいっていたかを知りました。特に、台湾沖決戦では、海軍報道部は、ひどい嘘をいっています。アメリカの空母を一隻も沈めていないのに、十一隻撃沈と発表し、それを信じた人々は、提灯行列をやっているんですよ」

「その話なら、私もきいていますが、セツの烈女の墓は、間違いなく立てられて、お祭りもやっていて、嘘じゃないですよ」

「問題は、本当に事実を知って、海軍が、烈女の墓を立てたのか、嘘とわかっていて、巨大な墓を立てたのかです」

「中島さんは、それを調べたんですか？」

「私は、手紙が欲しいだけで、戦争の真実には興味がありません」

と、中島は、いってから、

「調べるのは、警察のほうが得意でしょう」

と、十津川を見て、いった。

2

捜査会議で、十津川が、提案した。

「もう一度、姫川村の烈女の墓を調べたいと思います」

「もう十分に調べたんじゃないのかね」

と、三上本部長が、十津川を見た。

「あれが、三浦セツの墓であることはわかっています」

「それだけで、十分なんじゃないのかね」

「地震と津波で、二つに折れたことはわかりましたが、更に粉々に砕いた犯人が見つかっていません」

「他には？」

「当時の海軍が、彼女の自殺を称賛して、巨大な石碑を立てた理由です」

「それは、夫のための自殺だからだろう？　当時としては、立派な行動だったんだ」

「同じ日に、夫の三浦大尉は単独で出撃、突入して戦死しています。しかし、針金基地から出撃しているのですが、その光景が寂しくて、まるで懲罰のように思えるのです。それで、もし、発表が違っていれば、その理由を調べるつもりです」

「どんなふうに違うのかね」

「セツは、基地の困りものだったが、何か理由があって、海軍が烈女に祀《まつ》り上げ、巨大な碑を立てたのではないかということです。その頃、陸海軍とも、国民に平気で嘘をついていましたから」

「他にも、烈女の墓を疑う理由があるのかね？」

「夫、三浦大尉の出撃の模様です。先ほどもいった通り、あまりの寂しさに、これは懲罰だと思いました。しかし、三浦大尉には、懲罰を受ける理由が全く見つからないのです。むしろ、軍人としては、立派すぎます。となると、理由は、妻のセツにあるのではないかと、考えました」

「しかし、セツは、烈女だ」

「その烈女は、創られた虚像ではないかと、考えました」

「証拠はあるのか」

「今は全くありません。そこで、もう一度、烈女の件を調べ直してみたいのです」

「他にも理由があるのか？」

と、三上が、きく。

「現在、私たちが捜査中の殺人事件に関係してきます」

「どんなふうにだ？」

「被害者の菊地文彦が、姫川村に行き、早瀬セツのことを調べていたことは、間違いありません。しかし、彼女が立派な烈女で、夫の三浦も立派な特攻隊員だったとすると、菊地が殺される理由がなくなってしまいます。われわれの捜査のためにも、もう一度、烈女セツについて調べ直したいのです」

「私が駄目だといっても、捜査するつもりなんだろう？」

と、三上が、きく。十津川は、ニッコリして、

「そのつもりです。今のままでは、捜査は壁にぶつかったままですから」

と、いった。

3

十津川と亀井は、再び姫川村を訪ねた。

「烈女の墓」を調べ直すことになったのである。しかし、烈女伝説は、なかなか崩れそうにない。単純明快な物語だからである。

セツは、夫の三浦大尉が、家族が足枷《あしかせ》になって、死ぬことをためらっては恥になるとして、自ら命を絶った。一歳の子を、道連れにしたのである。

一方、夫の三浦大尉は同じ日、二五〇キロ爆弾を積んだゼロ戦に乗り、アメリカ艦隊に突入した。

夫の三浦大尉は、特攻隊員として、単機沖縄に突入した功により、二階級特進し、妻のセツも、自死を以って、夫を励ました烈女として称賛され、郷里に巨大な碑が立てられた。

しかし、戦後になると、特攻に対する評価も変わり、死んだ夫を励ましたセツの行為も、ヒューマニズムに欠け、狂気としか見られなくなった。

それでも、世の中が落ち着いてくると、特攻について、作戦としては外道だが、特攻で死んだ若者たちの死は純粋で、崇高な行為であるというところに落ち着いてきた。十津川も、その点、セツの自死のほうこそ立派だったのではないか、と思った。細川ガラシャの死が、今も称賛されているのであれば、同じように認められてもいいのではないか。

それなのに、烈女の墓のほうは、何者かによって、粉々に破壊されてしまった。誰が、どんな理由でそんなことをしたのだろうか。

今のところ、どこの誰が、そんな真似をしたのかわからない。

岩手県庁で調べてもらってもわからなかった。

何しろ、東北地方を襲った地震と津波によって、あまりにもその損害が大きかったのだ。

姫川村も、ほとんど壊滅状態で、巨大な「烈女の墓」が、二つに折れる形で倒壊したことは確認しているが、その後、いつ粉砕されたのかは、わかっていないというのである。

東日本大震災の被害が、今でも大きく、広範囲にわたっているので、いかに巨大とはいえ、一つの石碑に注意しているわけにはいかなかったという。当然だろう。

そこで、十津川は、三浦大尉の特攻のほうを、妻のセツがらみで調べることにした。

海軍の特攻基地を使った特攻は、終戦間際まで延々と続けられていた。

その資料なども、かなり残っているので、それを集めて、一日一日の特攻機の出撃を調べていった。

しかし、ただ一機での出撃という記録は、昭和二十年三月十二日の針金基地の三浦大尉だけだった。

やはり異常なのだ。

十津川は、他の日の出撃記録を丹念に調べていった。

出発の時刻は、ほとんど朝になっている。
○八○○（午前八時）
○八三○（午前八時三十分）
朝が多いのは、鹿屋基地や他の基地を出撃した後、佐多岬《さたみさき》上空で編隊を組み、列島沿いに南下して沖縄に向かうからだった。

直掩機がつく場合は、航続距離の関係で、奄美《あまみ》群島上空あたりで、直掩機は引き返す。

その後、特攻機は、ひたすらアメリカのグラマン戦闘機群を警戒しながら沖縄に向かう。

特攻機は、二五○キロ爆弾を積んでいるので、自然に機体は重くなる。スピードも落ちる。

その上、速成のパイロットが多いから、グラマンに見つかったら逃げられないのだ。鹿児島の基地を午前八時前後に出発するのは、沖縄到着時刻との関係だった。暗くなってからの到着では、体当たり攻撃は不可能である。特攻は、レーダー攻撃ではなく、目視による攻撃だからである。

最高の条件は、薄暮攻撃だった。目標が黒々としたシルエットで浮かび上がるからである。

その時刻に沖縄に到着するために、出撃の時刻も自然に決まってくる。

そのための、午前八時前後の出発だった。

ところが、昭和二十年二月十二日の鹿屋基地出撃が、一一〇〇《ひとひとまるまる》（午前十一時）の出撃と記録されているのを発見した。三浦大尉出撃の丁度一ヶ月前である。他の出撃記録は、全て午前八時台なのだ。

出撃は、ゼロ戦十一機。

十一人の氏名も記してある。

十津川は、まず午前十一時という出撃時刻に引っかかった。

次は、十一機という機数である。

十機以上だと、小さな編隊をいくつか集めて組織される。

三機編隊、あるいは四機編隊を作って、それをいくつか重ねて、十二機以上の大きな編隊を組んでいく。

そう考えると、十一機というのは、半端である。十二機のほうが自然だった。

十津川と亀井は、前に会って話を聞いている鹿屋史料館の菅野に会って、この疑問をぶつけてみた。

「私は、史料館の施設の管理を任されているだけで、そういう細かいことはわかりません」

と、菅野は、答えたが、明らかに困惑の表情だった。

「われわれは、殺人事件の捜査をしています。だから、正直に話してくれないと困る。この日、何があったのか教えて下さい」

と、十津川は、迫った。が、菅野は、頑として、何もわからない、知らないを繰り返すだけだった。

ちょっと怯《おび》えたような態度から、十津川は、菅野が何も知らないのではなくて、何かを知っていて、固く口止めされているのだと、直感した。

だが、菅野は、何も知らないを繰り返し、最後は、

「これ以上、あれこれ責められるなら、この史料館を今日かぎりで辞めます」

と、叫ぶ始末だった。

「どうします？」

と、亀井が、きく。

十津川は、菅野を、ちらりと見てから、

「他の方法を取ろう」

「どんな方法ですか？」

「十一機には、十一人の特攻隊員が乗っている」

「しかし、全員死んでいますよ」

「わかっている。この史料館を見ていてわかったんだが、出撃の日、家族だけが見送りを許されている。したがって、この十一機についても、家族が見送りに来ていた筈だ」

「わかりました。遺族を探しましょう」

亀井が、短く、いった。

十津川たちは、十一機の搭乗員の住所と氏名を写して、いったん史料館を後にした。

次に、鹿児島県庁や地元の警察に応援を求め、十一人の特攻隊員の家族が、今、どこにいるのかを探してもらうことにした。
二、三人は簡単に見つかり、その中に現在、九州に住む遺族がいたので、この家族に、まず会うことにした。
十津川はまず、現在も鹿児島市内に住む家族に会った。

南村《みなみむら》治《おさむ》と秋子《あきこ》という中年のサラリーマン夫婦だった。

治の祖父の南村幸次郎《こうじろう》が、昭和二十年二月十二日に、二十一歳の海軍上飛曹として鹿屋基地から出撃して、特攻死していると、いわれた。

「その時、家族一人が見送りを許されて、祖母が鹿屋に行ったそうです」

南村治は、飛行服姿の祖父と、着物姿の祖母が一緒に写った写真を見せてくれた。

その祖母の名前は明子《あきこ》、六十九歳で亡くなったという。

「出撃の様子を、明子さんからきかされていますか？」

と、十津川が、きいた。

「祖母が亡くなった時は、私はまだ小さかったので、話をきいていたのは両親です。私は、両親から間接的に、祖母の語る戦争の話をきいてきました」

「ご両親は？」

「二年前に、相次いで亡くなりました」

「昭和二十年二月十二日の、お祖父《じい》さんのことですが、他に写真はありませんか。あれば、ぜひ見せていただきたいのですが」

「それ以外は、写真は一枚もありません」

「それは、どうしてですか？　出撃の写真は何枚も残っているから、禁止されていたとは思えませんが」

「出撃の瞬間は、撮ってもいいといわれていたようで、祖母は、親戚から古いドイツのカメラを借りて出かけたといいます」

「それでも、写真は残っていないんですか？」

「鹿屋の現地では、いろいろと注文がつけられたが、出撃の写真は撮っていいと、許可が出たといいます」

「それで、十一機で出撃したんですね？」

「いいえ。十二機です。四機が小さな編隊を組んで、それが三組で十二機です」

「しかし、神風特別攻撃隊の記録では、この日の参加機数は、十一機となっていますよ」

「それは、一機が事故で出撃できず、結果的に十一機になってしまったんです」

「そのまま、出撃の様子を話して下さい」

と、十津川は、促した。

小さな疑問でも、当日の様子をあいまいにしたくなかった。

「この日、第一、第二、第三小隊が参加したとききました。一小隊四機です」

「四機編成が三組で、十二機ですか」

「私も、祖父のことがあるので、太平洋戦争や特攻について、いろいろと調べました。実は、日本の空軍では、最初、三機編隊だったというのです。当時、日本の戦闘機乗りは、一機対一機の格闘戦が得意で、ゼロ戦がその切り札でした。そこで、アメリカは、二機で一機のゼロ戦に対抗する形を取りました。そのため、最小単位が二機なので、自然に四機編成になったわけです。日本もゼロ戦の力が衰えると、自然に四機編隊になったそうです」

「その日、何時頃、特攻隊は出撃したんですか？」

「午前八時三十分に発進するので、見送りの家族は、それまでに鹿屋基地に来るようにと、いわれていたそうです」

「八時三十分に発進したんですか？」

「全て祖母の話ですが、間違いなく午前八時三十分に、第一小隊の四機から発進したそうです。家族は、滑走路の端に固まって見送っていたといいます」

「明子さんは、持ってきたカメラを構えていたわけですね」

「祖父は、第二小隊の二番機でした。一番機の隊長は、海兵七〇期のエリートで、三浦大尉という人だったときききました。海軍兵学校を首席で卒業したという方だそうです」

と、南村治は、あっさりと、いう。

十津川は、謎だったものが、少し解けてきたのを感じた。三浦大尉は、特攻死の一ヶ月前に、正式に特攻出撃の命令を受けていたのだ。しかし、この出撃は、なぜか記録に残っていない。なぜなのか。

「先に離陸した第一小隊の四機は、上空で待っているわけですね」

「そうみたいです。何でも佐多岬の上空で、完全な編隊を組んで、列島沿いに南下して、沖縄に向かうときききました」

「第一小隊が離陸して、次に第二小隊の四機が離陸するわけでしょう」

と、十津川は、いったが、そのまま全機離陸していたら、三浦大尉は、一ヶ月前の昭和二十年二月十二日に死んでいる筈なのだ。

だが、特攻死したのは、一ヶ月後の三月十二日である。

「第一小隊が離陸した後、間を置いて第二小隊の四機が、滑走路に入ってきました。祖母は、嬉しいような悲しいような複雑な気持ちで、二番機を写していたといいます。隊長機がエンジンをふかして、滑走路の所定の位置に移動した時、突然、事件が起きたんです」

と、南村が、いった。

「どんな事件ですか？」

「最初、その話をきいた時、私は信じられませんでした。何といっても、帝国海軍ですよ。そんなバカなことが起きる筈がないと思いました。それも、特攻出撃の時ですからね」

「とにかく、何が起きたのかを話して下さい」

「第二小隊の隊長機が動き出した時です。家族に許された場所から女性が一人、いきなり飛び出して、隊長機に向かって走り出したというんです」

「それは多分、三浦大尉の奥さんですよ」

「そうなんです。後で三浦大尉の奥さんだとわかりました。が、その時は、何をするつもりなのか、家族たちはハラハラしていたそうです。何しろ、離陸寸前の特攻機に向かって走っていくんですから」

「奥さんにとってみれば、これが最後の別れになるわけですから、少しでも近くに行って、サヨナラをいいたかったんじゃありませんか」

「それが、違うんです」

と、いう。

十津川は、びっくりして、

「どう違うんです？」

「三浦大尉の奥さんは、動き出した特攻機の前に飛び込んだんです。身体を投げ出したんです」

「そんなことをしたら死んでしまう」

「祖母も一瞬、ゼロ戦の機体のかげになって見えなくなったので、死んだと思ったようです。家族たちの間からも、悲鳴が上がったといいます」

「しかし、死ななかったんですね」

と、十津川は、いった。

三浦セツは、昭和二十年三月十二日に自殺したのだから、二月十二日に死んだ筈はないのだ。

「この後は、特攻機に乗っていた三浦大尉の立場になって考えるより仕方がないんですが」

と、南村治は、いった。

「眼の前に、人が飛び込んできた。しかも、自分の奥さんですから、反射的にブレーキをかけ、機体を傾けてぶつけないようにしたんだと思います。とたんに、機体は、その場に逆立ち状態になったそうです」

「他の特攻機は、当然、動かなくなった？」

「滑走路の真ん中で、第二小隊の隊長機が逆立ちしてしまったんですから、続く祖父の二番機も、三番機、四番機も動けなくなりました。第三小隊の四機に到っては、滑走路に入ろうとするところで動かなくなったんです」

「問題は、三浦大尉ですね。普通なら、宙に浮いた操縦席から飛び降りて、妻の傍らに駆け寄るところだが、違いますね」

「いいえ、操縦席から飛び降りて、倒れている奥さんの傍らに駆け寄ったんです」

「心配で駆け寄ったとは思えない。絶対に違いますね」

「駆け寄ると、倒れている奥さんを蹴飛ばしたんです」

「…………」

「その後、何か叫びながら、奥さんの顔を殴りつけた。それも殴り続けたそうです。たちまち、奥さんの顔が血で真っ赤に染まったと、祖母は、いっています。それでも、三浦大尉は、殴るのを止めなかった。祖母は、あのまま殴り続けたら、間違いなく死んでしまうと思ったといいます」

「基地には他に、基地司令官とか整備兵もいたと思いますが、彼らは、ただ見ていただけですか」

「確かに、その時、鹿屋基地には基地司令官や飛行長、参謀、それに整備兵たちがいて、滑走路に並んで見送っていたといいます。彼らも、やっと気を取り直し、まず司令官が怒鳴り、整備兵たちが、バラバラと飛び出して、三浦大尉を押さえつけてから、血だらけの奥さんを滑走路の外に運び出したそうです」

「時間が経っていた筈だが、普通なら、その日の特攻出撃は中止しますね。そして、血だらけの三浦セツを病院に運ぶ」

と、十津川は、呟《つぶや》いた後、

「違うな。当時の特攻基地は、狂気が支配していただろうし、軍人は、何よりも面子《メンツ》にこだわる。司令官たちは、神聖な特攻出撃を、女一人に邪魔されて、怒りに震えていたから、何としてでも特攻出撃を強行した筈ですね」

と、いった。

「その通りです。三浦大尉は、自分の飛行機が壊れてしまったので、参加できず、他の十一機で強行して全員死亡です。祖母の話では、三日後に『全員突入ス』という通知をもらったといいます」

「目撃した家族たちは、どうなったんですか？」

「フィルムは没収され、この日見たことは、絶対に口外するなといわれたそうです。ですから、この事件は、なかったことにされたんです」

「しかし、知りたいですね、全てを」

「しかし、私は、この事件の細部は知らないんです。祖母も事故の後、家族全員が一ヶ所に閉じ込められ、三浦大尉や奥さんがどうなったかは見ていないと、そういっていました」

と、南村治が、いう。

十津川は、しばらく考えてから、

「基地に整備兵が何人かいて、三浦夫妻を助けたりしていますね？」

「ええ。整備兵は若いから、動くとすれば、彼らだけでしょう」

「わかりました」

整備兵は、特攻には参加しないから、戦争で死なずに済んだかもしれない。それに、基地の実情も知っているだろう。

もちろん、整備兵のほとんどは、すでに死亡しているだろうが、家族が見つかれば、問題の事件について何か話をきけるかもしれない。

今度は、元鹿屋基地整備兵の家族探しだった。

4

特攻隊員の遺族探しより、整備兵の家族探しのほうが楽だった。

整備兵のほうが長く生きていて、戦後の平和な時代にも普通の生活をしていて、子供がいたりするからである。

現在、東京の北千住《きたせんじゅ》でカフェ「かなえ」を営んでいる金子《かねこ》かなえは、戦時中、海軍の鹿屋基地で整備兵だった金子健次《けんじ》の娘である。

しかし、かなえは、亡くなった父の金子健次から、鹿屋基地での生活について、ほとんど何もきいていなかった。

それでも、金子かなえは、耳寄りの情報を教えてくれた。

鹿屋基地の整備兵の中に、こまめに日記をつけていた者がいるという情報だった。

噂だから、その整備兵の名前はわからないというが、探すのは、さほど難しくなかった。

鹿屋史料館が整備兵の名簿を持っていたからである。

名簿にしたがって、片っ端から電話をかけていく。

そして、すぐ問題の人物が見つかった。

名前は、吉田秀夫《よしだひでお》。当人は、すでに死亡していて、その娘夫婦が、横浜で洋品店をやっていることがわかったので、十津川と亀井は、すぐ会いに出かけた。

横浜桜木町《さくらぎちょう》の商店街の中にある洋品店だった。

二人は、その店の外のカフェで、夫婦にあった。

十津川が、父親の日記についてきくと、娘のほうが、あっさりと、

「確かにありますが、どう扱ったらいいか、困っているんです」

と、いう。

「亡くなった父が、戦争中につけていたもので、貴重なものだと、おっしゃってくださる方もいるんですけど、保管が難しいんです」

「ぜひ、それを見せていただきたいのです。事件捜査の参考にしたいので」

十津川が、いうと、相手は、眉を寄せて、

「でも、戦時中の日記ですよ」

「だから、探すのに苦労しました」

「私が取ってこよう」

と、娘婿が、気安く腰を上げてくれた。

「吉田秀夫さんは海軍で、整備兵でしたね」

亀井が、確認するように、娘に、きいた。

「初めは、航空機の工場で働いていたんです。昭和十八年に、召集で兵隊になったんですけど、飛行機の知識や職人としての腕を見込まれて、海軍の基地で整備をやることになったといっていました。最後は、九州の鹿屋基地で働いていて、その時の話をよくしていました」

「その頃の日記ですね」

「ええ。鹿屋は特攻の基地で、毎日のように出撃する特攻機を見送るのが辛かったといっていました」

と、娘は、いってから、

「父の日記を本にしたいという話もあったんです」

娘婿が戻ってきて、ビニール袋に入った日記を、十津川に、渡した。

戦前からある日記帳である。

綴《と》じた紐《ひも》が切れたのか、全体がずれた感じで、十津川は押さえるように持って、ページを繰っていった。

昭和二十年一月一日から始まり、終戦の翌日、八月十六日で終わっていた。

二月十二日のページを開けてみた。

問題の事件のことが書かれていなければ、十津川たちにとって、全く価値がないからだった。

二月十二日
今日、それも神風特別攻撃隊××隊の出撃の最中に、恐ろしく、そして悲しい事件が起きた。

そこまで読んで、十津川は日記を閉じると、夫婦に眼を向けて、

「ぜひ、これをお借りしたい」

と、いい、自分の名刺を取り出して、そこに「日記借用」と記して渡した。

5

十津川は、吉田秀夫の日記を持ち帰ると、すぐ日記の全ページをコピーした。

それを何部か刷り、その一部を三上本部長に渡した後、十津川は、部下の刑事たちにも眼を通すように、いった。

十津川自身は、二月十二日の部分を、最初から読んでいった。

二月十二日
今日、それも神風特別攻撃隊××隊の出撃の最中に、恐ろしく、そして悲しい事件が起きた。

第二小隊の隊長機（三浦大尉）が、まさに滑走路に移動し、動き出す寸前に起きたのだ。

基地司令官たち、特攻機を整備したわれわれ整備兵、そして、特別に呼ばれた特攻隊員の家族たちが手を振って、見送ろうとしていた。

何回となく、繰り返される光景だった。私は、そのたびに喜びと悲しみを同時に感じた。戦局の悪化に伴い、代替機もなく、機体は故障しがちだったから、われわれは必死で、文字通り夜も寝ずに機体の整備に当たった。だから、特攻機が無事に飛び立つのを見ると、自分たちの努力と技を誇らしく思った。だが、特攻隊員たちは、飛び立ったまま、帰って来ない。悲しい。

この日も、そんな思いで見送っていると、滑走路の端に固まっていた家族たちの中から、突然、一人の女性が、滑走路に向かって飛び出した。

最初、私は、ただ驚いた。

女性は、隊長機の三浦大尉機に向かって、走っていく。あまりにも突然のことなので、家族たちの間から悲鳴が上がったが、誰も動こうとはしない。

私も、映画でも見ているような感じで、走っていく女性を見ていた。

彼女が三浦大尉の知り合いで、何かを渡そうとして走っているのだと思った。

ところが、違っていた。

彼女は、まるで飛び込みでもやるみたいに、三浦大尉のゼロ戦の前に、身体を投げ出したのだ。

出撃しようとする三浦機を止めたのだ。邪魔したのだ。

私は、寒気がした。特攻という大義の戦いを、女が止めたのだ。

三浦大尉は多分、必死で機体を止めようとしたのだと思う。大尉の機体は、逆立ちする形で止まってしまった。

操縦席から、三浦大尉が飛び降りてくるや、倒れている女性（後になって三浦夫人だとわかる）を、いきなり蹴飛ばした。

後は、胸ぐらをつかんで殴りつけた。何かを叫びながら、ひたすら殴り続けたのだ。

女性の顔が血だらけになったのが、遠くからでもわかった。

三浦大尉の気持ちは、よくわかる。国のため、天皇陛下のために、彼は今、戦場に飛び立とうとしていたのだ。

それを、いきなり邪魔された。しかも、邪魔をしたのは自分の妻なのだ。いたたまれないほど、恥ずかしかったろう。

利敵行為だ。

非国民だ。

妻のために、特攻を中止したといわれるだろう。

わざと止めさせたと疑われてしまう。

卑怯者だといわれてしまう。

だから、殴り続けた。多分、こう叫んだだろう。

何をするんだ！

おれを卑怯者にするつもりか！

こんなことをしたら、死んで天皇陛下にお詫《わ》びするしかないぞ！

一緒に死ね！

そんな三浦大尉の叫び声がきこえてきそうだった。

呆然《ぼうぜん》としていた基地司令官が、やっと甲高い声で、

「何とかしろ！」

と、怒鳴った。

その怒鳴り声で、私たち整備兵は、はじかれたように、一斉に飛び出した。

とにかく、この国辱的な光景を、一刻も早く消さなければならないという一心だった。

二人が、殴り続けている三浦大尉を押さえつけ、基地司令官のほうへ引きずっていった。

残りの私たちは、倒れたまま動かない三浦夫人の身体を抱き起こした。

顔は血まみれで、生きているのか、死んでいるのかわからない。

「どうしたらいい」

と、一人が、いい、

「とにかく、外に運び出そう」

と、私が、いって、滑走路の反対側に運んでいって、草むらに投げるように、置いた。

私たちは、腹を立てていた。特攻隊の出撃は、この頃、一つの神聖な儀式になっていたからだ。

その儀式を、めちゃくちゃにされたことへの腹立たしさだった。

それでも、一人が「大丈夫か」と、声をかけたが、三浦夫人は、びくとも動かない。

（本当に死んでしまったのか）

と、思いながらも、私は、そのまま基地司令官のほうに戻っていった。

こちらでは、三浦大尉が、飛行長に殴られていた。

三浦大尉は、土下座をした恰好《かっこう》で殴られていた。

司令官は、黙って見ている。

二人の参謀が、代わりにののしっていた。

「卑怯者！」

「家で、どんな教育をしているんだ！」

「陛下の飛行機をぶっ壊しやがって。腹を切れ！」

私たちは、その怒号に首をすくめて、ただ見守っていた。


（追記）

今日の出撃は、中止になるだろうと思っていたが、基地司令官たちは、強行した。

上空で待機していた第一小隊の四機は、いったん着陸させられ、改めて十一機の神風特別攻撃隊××隊として出撃した。

基地司令官も参謀も飛行長も、こんな不祥事を、そのままにしておきたくはなかったのだ。だから、それをなかったことにしたのだ。

いつもの通り、見送られながら、沖縄に向かって出撃したことにしたのだ。

日本海軍の、そして、鹿屋特攻基地の歴史には、
昭和二十年二月十二日、神風特別攻撃隊××隊、勇躍出撃ス。全機突入、戦果大。

と書かれるだろう。

しかし、現実は違う。

三浦大尉は卑怯者、非国民といわれ、基地の中に監禁された。

基地司令官や、参謀たちにしてみれば、すぐにでも特攻出撃させて、死んでもらいたいだろうが、逆立ちした大尉のゼロ戦は、修理のしようがなく、大尉を乗せる飛行機がないのだ。

他の家族たちは、三時間近く、参謀から、この件は絶対に口外するな。少しでも漏れたら、その罪を償ってもらうぞと脅かされた後で、ようやく帰宅を許された。

待機中の特攻隊員から、私は、こんなことをきいた。

事件のため、計画が大幅に遅れたので、××隊の沖縄到着時は、周囲が暗くなってしまうのではないか。当然、アメリカ艦隊も、灯火管制を敷くだろう。そうなれば、隊員たちには、体当たりすべき艦隊が目視できなくなる。それが心配だというのである。

しかし、発表は「全機突入ス　戦果大」だった。

二月二十七日

重傷だった三浦夫人の容態が、恢復《かいふく》に向かったという。

しかし、基地で彼女の話をするのは、禁止になっている。自分のわがままで、夫の特攻隊員を卑怯者にしようとした、非国民だからである。そのうえ、あの事件のことも、三浦夫人のことも秘密であり、新聞、ラジオでも発表されていない。

しかし、基地の中では、時々、噂になる。ひどいいわれようだ。

「神になろうとした夫、三浦大尉を卑怯者に引きずり下ろした悪女」

「アメリカのスパイ」

「マッカーサーの味方」

私も、彼女の利敵行為は許せない。だが、ほんの少しだが、可哀《かわい》そうでもある。

三浦大尉のほうは、なおさら可哀そうだ。

彼自身は、妻のわがままに引きずられる形で、出撃ができなかったからだ。

しかし、そんな妻を教育できなかった三浦大尉の失敗でもある。

それにしても、三浦大尉は、連日、妻のおかげでひどい目に遭っている。

基地内の一室に監禁され、朝から、基地司令官に、卑怯な精神を叩き直すとして、海軍精神棒で殴られ、軍人勅諭を繰り返して暗誦《あんしょう》させられているらしい。

三浦大尉に会った仲間の整備兵によると、大尉は、頬がこけて病人のように見え、一刻も早く搭乗機を与えられ、単機でもいいから出撃したいと、そう語っているという。

三浦大尉は、一刻も早く、特攻出撃がしたいので、搭乗機を与えられるように、司令官に嘆願しているが、拒否されているという話もきいた。

司令官と参謀は、新しい飛行機を与えたら、それに乗って逃げ出すだろうといっているらしいが、大尉が、そんな人ではないことは、基地の全員が知っている。特攻に参加する必要もないのに、生徒との約束を守って、特攻しようとしているのだ。

三月一日
退院した三浦大尉夫人セツさんは、実家の早瀬家へ帰ったらしい。三浦家では、三浦大尉をまどわせた嫁を、置いておけないのだろう。

セツ夫人は実家に帰った後、夫との面会を求めたが、基地司令官に拒否された。

さらに、手紙を出したいというと、書くのは自由だが、それを投函することも、夫に読ませることも不可と、厳命されたらしい。

三浦大尉は、ようやく監禁状態から許されて、基地の外に間借りしたが、自由な行動は禁止され、手紙を出すことも禁止されたときいた。

三月十二日
今日、午前八時三十分、三浦大尉が単機で、特攻出撃した。
寂しい出撃だった。
基地司令官も参謀も飛行長も、三浦大尉に鹿屋基地を使わせず、五キロ離れた臨時の針金基地から出撃させた。

用意された特攻機も、最初は古いタイプのもので、発動機も古いものだった。見送りは、私と同僚の整備兵の二人。司令官も出向いたが、見送りのためというより、三浦大尉が逃げるのを監視するためだときいた。

これは出陣ではなく、明らかに懲罰だ。

三月二十三日
三浦大尉の出撃と同じ十二日に、三浦大尉夫人が、故郷の姫川村の傍《そば》を流れる姫川で、子供と共に入水自殺したとわかった。

この事件を、基地司令官や海軍の上層部は、自分たちとも、三浦大尉の特攻出撃とも何の関係もないことにして、処理しようとしたらしい。

だが、そうはいかなかった。

新聞記者たちが、勝手に戦争の中の美談として、書き立ててしまったからである。

無理もないと思う。

新聞は連日、特攻隊員の死を、太平洋戦争の生んだ世紀の英雄、神と称える記事を書き、写真を載せていたからである。

特攻に関することなら、どんな小さなエピソードも載せていた。載せるために探し廻っていたのだ。

そこへ、特攻隊員の妻の入水自殺である。

悲しくは書けない。

国民を鼓舞する勇ましい記事にしなければならない。

だから、特攻隊員の夫を励ます健気《けなげ》な妻の美談にした。

こうなると、海軍当局の扱いも限られてしまう。どうやら、三浦大尉夫人の自殺は、特攻にふさわしい美談にして、セツ夫人は、烈女になるらしい。

四月二日
本日、海軍大臣から、特攻隊員の夫、三浦大尉の迷いを消すために、自ら命を絶った妻セツに対して、金六百円と賞状が贈られると、発表された。郷里の役場では、この六百円を基に、巨大な「烈女の墓」を立てるという。
その碑が出来上がったら、さぞや大騒ぎになって、人々が殺到するだろう。
私には、三浦夫妻が愛し合っていたのか、それとも、憎み合っていたのかはわからない。

第五章　死なないで下さい

1

ここまでの捜査を再検討するための会議が開かれた。

十津川たちの仕事は、あくまでも犯人逮捕である。

ただ、今回に限っては、特攻の歴史、特に、昭和二十年三月十二日に、単機、沖縄に向かって特攻した三浦大尉と、その妻で同じ日に自殺したセツのことを調べる必要があった。

殺された菊地文彦が、この三浦夫妻のことを調べていたと思われるからである。

そこで、十津川も、三浦夫妻について調べていった。

捜査で、ここまではわかったが、菊地文彦が、どこまで調べていたのか、どんな調べ方をしていたのかはわからないのだ。

迷っている時、ある雑誌が、菊地文彦のエッセイを載せていることに気がついた。殺される前の三月に、菊地が急遽、雑誌に持ち込んで載せてもらったものだった。間に合ったが、その数日後に、菊地は殺されてしまった。

「特攻と、ある夫婦の話」

と題されたエッセイである。

「私は、ひょんなことから、東北の小さな村にあった烈女の墓のことを知り、調べていくと、戦争末期、沖縄特攻で死んだ海軍大尉三浦広之と、その妻であるセツに行きついたのだが、この二人は、奇妙なことに昭和二十年三月十二日の同日に死亡しているのである。合意の上で同じ日に死んだのか、それとも、偶然なのか調べてみたいと思っている」

これがエッセイの大意で、菊地は、こう付け加えていた。

「もし、この夫婦について知識をお持ちの方は、ぜひ私に、ご連絡下さい」

菊地の略歴も記してあって、『小さな歴史見つけた』の著書名もあった。特攻についての著書あり、とも。

これを読んで、誰かが、菊地文彦に連絡したのか。その中に、犯人がいたのかも知れない。

捜査会議で、十津川は更に、三浦夫妻について調べる必要を口にした。

「しかし、三浦大尉も妻のセツも、七十年以上前の同じ日に死亡しているんだろう」

と、三上本部長が、いった。

「これ以上、何を調べたいのかね？」

「三浦大尉の妻セツが書いた手紙です」

と、十津川が、いった。

「しかし、そんなものがあるかどうか、わからんのだろう？」

「そうですが、もし、存在していて、菊地文彦が見たとすれば、そのことが殺人の動機になったのかもしれません」

「他にも何かあるのか？」

「特攻について調べたいと思います」

「どうしてだ？」

「雑誌のプロフィールに『特攻についての著書あり』と紹介されています。あるいは、犯人は、特攻のことで菊地文彦に連絡をしてきたのかもしれません。それに、三浦大尉は、海軍の神風特別攻撃隊の人間ですから」

と、十津川が、いった。

三上本部長は、捜査の続行を許可した。といっても、本部長がノーといっても、十津川は捜査続行した筈である。

翌日、十津川は、菊地文彦のエッセイを載せた雑誌の発行所を訪ねていき、編集長に会った。

菊地のエッセイを載せたことについて、編集長は、こう説明した。

「今月号の締め切り直前に、菊地さんから持ち込まれましてね。菊地さんには、何回かいいエッセイを書いてもらっていますので、無理に押し込みました」

と、編集長は、いう。

「それで、反応はあったんですか？」

「菊地さん本人に、電話や手紙が来たかどうか、あんなことで突然亡くなってしまったので、数や内容はわかりません。それから、社のほうにも、手紙が一通届きました」

「それを、菊地さんに見せたんですか？」

「渡そうとしていたら、菊地さんは、亡くなってしまったんです」

「それでは、その手紙は、ここにあるんですね。見せてもらえませんか」

十津川が、いうと、編集長は、あっさり、それを渡してくれた。

固い感じの字が並んでいた。

「私は、菊地さんの特攻の見方には反対です。昭和二十年三月十二日に、沖縄沖のアメリカ機動部隊に特攻した三浦大尉は、立派な帝国軍人で、大義のために死んでいる。妻のセツは、愚かなこともしたが、共に死んでいます。その三浦夫妻について調べて、自分の小話のネタにする必要はないでしょう。もし、特攻を批判するためなら、私は、断固反対します」

署名はなかった。

「これは、お預かりしておきます」

と、十津川は、いった。

発行所を出たところで、十津川が、亀井に、いった。

「こうなると、何としてでも、三浦大尉と妻のセツの手紙が読みたいね」

「お互いに届かぬことも、読まれぬこともわかっていて書いた手紙ですか」

「だから、なおさら、本当の気持ちが書かれているに違いないと、思っているんだよ」

と、十津川は、いった。

2

その手紙が、実際にあるかどうかも、わからないのである。

そこで、十津川は、もう一度、野々村に助けを頼むことにした。

野々村は、十津川よりはるか昔から特攻について勉強しているし、三浦大尉について調べている筈だったからである。

十津川が、昭和二十年二月十二日の鹿屋の事件のことを話すと、野々村は、

「よく見つけましたね。さすがに警視庁だ」

「野々村さんが助けてくれないので、苦労しましたよ」

と、十津川は、笑った。

「問題の手紙については、全面的に協力しますよ。私も見たいから」

と、野々村は、いった。

その後、亀井も含めて三人で、話し合った。

常識的に考えれば、三浦大尉の手紙は三浦家に保存され、妻セツの手紙は実家の早瀬家にある筈である。

三浦家に電話してみたが、そんな手紙は存在しないという返事だった。

事実かどうかはわからないが、十津川たちは、まずセツの手紙を探ることにした。

昭和二十年二月十二日に、あんな事件を起こした後、セツは半月ほど入院して、その後、実家に帰っている。正確にいえば、三浦家としては、実家に帰さざるを得なかったのだろう。

セツが、夫への手紙を書いていたとすれば、あるのはやはり実家の早瀬家しかない。

そこで、十津川たちは再び、姫川村を訪ねることにした。

前と同じように浄土ヶ浜からタクシーを飛ばした。

周辺は、東日本大震災からさして復興していないように思えた。

ただ、前に仮設住宅のあった場所では、ずらりと並んでいた仮設住宅は、きれいに取り払われていた。

代わりに、新しい建物が建設中だった。

古めかしい和風の建物だった。

その建物に似たものを、十津川は前に見たことがあった。

大館《おおだて》市で見た武家屋敷である。

まだ半分ほどの出来だが、かなり大きな屋敷に見える。

働いている大工にきくと、宇津木藩の家老であった早瀬家の屋敷だという。それを誇示するように、高々と立てたのぼりには、下り藤の家紋が描かれていた。

東北復興に乗じて、早瀬家の復興を狙っているのだろうか。

「ずいぶん無理をしたんだろうね」

と、野々村が、いった。

早瀬家の連絡先をきいたが、大工たちは、わからないと、いう。

「盛岡《もりおか》へ行けば、わかると思います」

と、亀井が、いい、岩手県庁のある盛岡市へ行くことにした。

東北本線で、盛岡へ向かう。

その列車の中で、野々村が、十津川の知らなかったことを教えてくれた。

「昭和二十年二月十二日の事件の直後、海軍の関係者は、セツを精神科病院に入れることにしたらしい」

「それはひどい」

十津川は、思わず舌打ちして、

「確かに、夫の特攻を止めようとしたから、海軍上層部は、怒り心頭だったでしょうが、セツにしてみれば、愛する夫を死なせたくない一心だったんでしょうから、ある意味、正常な気持ちだったと思いますよ。それを狂気と見るなんて、ひどいですよ」

と、いうと、野々村は、笑って、

「君の考えは、あくまで平和で、愛が最高という現在の時点での話だよ。それに対して、昭和二十年二月の時点では、日本が滅亡するかどうかの瀬戸際でした。勝つためには特攻しかないと、国民も軍部も考えていましたから、その特攻を邪魔する人間がいるなんて、誰一人として考えていなかったんです。しかしそうではない人間がいた。それも、主役の特攻隊員の妻だったから、海軍の上層部が彼女のことを狂人と考えても、無理もなかったんですよ」

「しかし、セツが、狂っていたとは思えませんね」

「十津川さんは、セツが、どんな気持ちで、なぜ、あんな真似をしたと思っているんですか?」

野々村が、改めて、きいた。

盛岡に着くと、三人は、県庁に行き、姫川村の建築の主が早瀬家となっていることを、まず確認した。

当主の名前と住所、それに電話番号を教えてもらい、十津川は、すぐ連絡を取った。

当主らしい男が電話にでた。三浦大尉と結婚した早瀬セツが、事件の後、実家に帰ったこと、その後、夫三浦大尉が、単機特攻出撃した日に、近くの姫川に小さな子供をつれて、入水自殺したことを確認した。その後、十津川は、彼女の書いた手紙が残っていないかをきいた。

もし残っていたら、殺人事件解決のために、見せていただきたいというと、とたんに、一方的に電話が切られてしまった。

だが、十津川は、めげずに、野々村に、いった。

「電話の切り方が激しすぎます。だから、私は、手紙は存在すると思いますね」

「しかし、向こうに見せる気がなければ、見ることができないと思うが」

と、野々村が、いう。

しかし、十津川としては、何としてでも、セツの手紙を見たかった。

セツの、予想もしなかった行動から、海軍の上層部は、二人が会うことも、手紙を出すことも禁じてしまった。

その間に、投函することもなく、読んでもらえる期待もなく、書き続けられた手紙なら、なおさら、読んでみたいのだ。殺人事件を解決するためにもである。

「野々村さんに、お願いがあります」

と、十津川が、間を置いて、いった。

「何ですか？」

「新聞に特攻のことや、三浦夫妻のことを話してもらいたいのです。妻セツは、戦時中は、軍部に利用されて、烈女と称賛されたり、精神科病院に入れられそうになったりしました。三浦大尉は、教え子との約束を守るという純粋な気持ちで特攻をしたのに、海軍は、懲罰的な態度で見送っている。これは、完全な間違いで、三浦夫妻の死を見直す必要がある。その線で調べていると、話してもらいたいのです」

「面白いが、大新聞が、私に会いに来るとは思えませんよ。郷土史家としての自負はありますが、有名人ではないから」

「私の大学時代の親友が、中央新聞の社会部記者をやっています。田島《たじま》という男で、私が必ず、この男を野々村さんのインタビューに行かせます」

と、十津川は、約束した。

一週間後の中央新聞に、

「ある特攻隊員夫婦の愛のエピソード」

と題したエッセイが、載った。

3

二日、三日と、何の反応もなかった。

一週間経って、十津川自身、企《たくら》みが失敗したと諦めかけた時、捜査本部の十津川宛てに小包みが送られてきた。

宛名は「捜査本部　十津川警部殿」だったが、差出人の名前はなかった。

十津川は、そのことに期待を持って、小包みを開けた。

出てきたのは、期待通りの分厚い手紙六通だった。

宛名は「三浦広之様」が多く、差出人は「三浦セツ」になっていたが、三浦広之の住所は書かれていなかった。

郵便局のスタンプもない。送られなかったことは、はっきりしている。そして、読まれなかった手紙でもある。

どんな気持ちで、セツは、手紙を六通も書いたのだろうか。

一通目の手紙は、三浦広之と、最初に会った時の思い出で始まっていた。

三浦広之様

私は、典型的没落士族の家に生まれました。

物心ついた私の眼に入ったのは、古びた、やたらに大きな家の造りでした。太い柱、障子、絵が描かれた襖《ふすま》、そして、先祖が身につけていた鎧《よろい》でした。

祖父は最後の武士で、家には、羽織袴《はおりはかま》姿の祖父の絵が飾られていました。宇津木藩の家老早瀬助左衛門《すけざえもん》といっていましたが、祖父の代には、宇津木藩は潰れ、武士の世の中ではなくなっていたのです。

それでも、祖父は、夢を抱いたまま亡くなりました。早瀬家は、姫川村の庄屋になっていました。父は、早瀬家の再興という夢を持っていたようですが、明治の文明開化の世ではどうにもならず、生まれてくる子に、自分の夢を託していたのだと思います。

しかし、生まれてきたのが女の私だったので、父は、がっかりしたようです。そこで、今度は、私を資産家に嫁がせようと考えました。当時、日本一の資産家は、ホテルオークラや帝国ホテルを建てた大倉喜八郎《おおくらきはちろう》だといわれていて、世の中の親は、生まれてきた男の子に、長男であっても喜八郎という名前をつけたそうです。

しかし、父は、実業界には知り合いがいないので、次に眼をつけたのが、帝国海軍の若い士官でした。父は、大日本帝国海軍の後援会に入っていましたから、その縁だったと思います。

私がT女学校を卒業した年だったと思います。突然、一枚の写真を見せて、こういったのです。

「お前は、この海軍士官と結婚することになる。来年、海軍兵学校を優秀な成績で卒業する。将来は海軍大臣、いや、総理大臣になる器だ。お前が大臣夫人、総理夫人になれば、早瀬家は再興する」

そこに写っていたのが、貴方《あなた》でした。私は、勝手なことをいう父だと思いながら、初めて貴方の写真を拝見したのです。正直に書きます。その瞬間、私は、貴方に恋したのです。私は、どうしても、貴方にお会いしたくて、何とかその機会を作ってくれと、父にせがみました。本当に、はしたないのですけど、心の衝動みたいなもので、仕方がなかったのです。

翌年の昭和十六年十一月に、貴方は、父の予想通り、海軍兵学校を首席で卒業なさいました。そのすぐ後に、水交社主催で、卒業生と民間人との親善パーティーがありました。まだ戦争は始まっていなくて、それに、海軍はイギリス流で洗練されていて、パーティーも度々、催されていました。

でも、私には、最初の水交社のパーティーを忘れることができません。貴方と初めてお会いして、初めてダンスを踊ったのですから。

私は、あの日、いつまでも貴方と踊っていたかった。でも、貴方は、若い女性たちに人気があって、私が独占できるものではありませんでした。そのうえ、ほとんどの女性たちが、海軍大将の娘とか、何とか重工重役の娘とか、没落士族の孫の私とは、比べようもない方たちばかりでしたから、私自身、自分が情けなくって、パーティーの席から逃げ出して庭に出て、ぼんやりと月を見ていました。

私は、子供の頃から負けず嫌いで、泣いたことはなかったのですが、生まれて初めて泣きました。父は、お前は、この男と結婚するのだと簡単にいいましたが、こんなにも競争相手が多くては、とても難しいと思ったのです。

それで悲しくて、涙が出てしまったのですが、気がつくと、誰かの手が私の肩に置かれていたのです。

貴方が、私がパーティーの席から急にいなくなったことを心配して、探しに来てくれたのです。

なぜかすぐ、その手が貴方だとわかりました。いえ、貴方でなかったら、私は死んでしまう。そんな気持ちでした。

「寒いから、中に入ったほうがいい」

と、貴方の言葉が、耳の傍らできこえました。やっぱりと、小躍りするほど嬉しかった。

でも、わがままな私は、すぐパーティーの席に戻るのが嫌だった。それ以上に、ここにいれば貴方を独占できる。

だから、「寒くありません」と、いったんです。まるで賭けでした。怒って私を置いて、パーティーの席に戻ってしまったら、私の負け。

私は賭けたんです。どきどきしながらです。多分、貴方は、戸惑ったでしょう。初めて会った女性が、喜んで戻るどころか、嫌だといったんですから。

でも、貴方は素敵だった。優しく、「そうですね。寒くはありませんね」というと、私の隣に腰を下ろし、一緒に月を見て下さったんです。

ああ、このお方となら、一緒に死んでもいいと思いました。この思いは、今でも私の心にあります。嘘じゃありません。この気持ちは、終生変わりません、絶対に。

この手紙を読むと、二人が最初から相思相愛だったことがわかる。

ただ、彼女の父親は、娘セツと三浦広之を結婚させた後、三浦が海軍大学校に進学、卒業後は当然、海軍の中枢、軍令部に入り、出世して海軍大臣になり、上手《うま》くすれば総理大臣にまで上りつめてくれればいいと思っていたことだろう。

軍人勅諭では、軍人は政治に介入するなと説いているが、実際は反対で、終戦の時の総理大臣は海軍の出身である。

ところが、三浦は、海兵を卒業すると、航空に進み、戦闘機の操縦訓練に入ってしまうのである。海軍の中枢には入らず、第一線に進んだのである。

その後、三浦とセツは、結婚して土浦に新居を構えた。

こうして見ると、海兵の同期だった三浦と関の二人は、よく似た経歴である。

ただ、専門は三浦が戦闘機、関が爆撃機だった。

昭和十八年の秋に教官に就任した三浦は最初のうち、生徒に、戦闘機の訓練をほどこしていた。

昭和十九年十月に特攻が開始されると、教官の三浦も、特攻の訓練を命ぜられた。

これが悲劇の始まりだった。

三浦広之が、特攻に賛成だったか、反対だったかはわからない。ただ、生真面目な三浦が、自分の教え子が次々に死んでいく、その責任を取って自らも特攻攻撃することは、予想されたことだった。

しかし、セツは、全く反対のことを考えていた。それが二通目の手紙でわかる。

自分の考えの甘さを反省する手紙だった。

貴方と二人だけで、土浦で生活していた頃が、私にとってもっとも平穏で、幸福な時でした。

庭に出て、遠く航空隊の方向の空を見ると、貴方の教え子が操縦する練習機が、のどかに飛んでいくのが見えます。時には、貴方と生徒が同乗した高等練習機が、私の頭上で宙返りをしたりすると楽しくて、つい笑ってしまうこともあって、その瞬間、地上と空の上で、気持ちが通じ合う気分になっていました。

貴方は、教官を命じられたことを口惜《くや》しがっていらっしゃいました。男としては、本土で若い生徒たちに操縦術を教えるよりも、第一線で敵機と戦いたいでしょうが、女の私には、教官に命じられたことが嬉しかったのです。戦闘で、命を落とす危険もない。毎日、心配して暮らすことがないからです。軍人の妻らしくないとか、臆病者といわれようと、私は、何とも思いません。愛する夫のことを心配しなくてもいいのですから。

父も、貴方が、教官になったことを喜んでいました。教官になれば、戦場で死ぬこともない。この戦争が終わるまで生き抜ければ、貴方は、間違いなく軍人として、最高の地位まで行ける。政治家になれば、それは、総理大臣も夢ではない。早瀬家復興の切り札になると思ったからです。

父の長年の望みは、早瀬家の復興でしたから、叱らないで下さい。

私は、あの頃が嬉しかった。貴方が、戦場で死ぬ心配はなかったし、本当に生徒を可愛《かわい》がっていた。その生徒たちが、時々、わが家に遊びに来て、はしゃいでいたからです。一緒に歌を唄《うた》ったりもした。軍歌かと思ったら、意外にも生徒たちの、それぞれの郷里の歌が多かった。

当然ですよね、十五、六歳の少年たちだから、故郷や家族が恋しくても当然です。私も、岩手の生徒が来ると、一緒に故郷の歌を唄った。そんな時は、ふと涙が出てしまうんですよ。

それが、昭和十九年十月の神風特別攻撃隊の大戦果から、がらりと、空気が一変しました。

貴方の訓練も、空中戦から特攻訓練に変わってしまった。

いってみれば、死ぬための訓練だから、どうしても殺伐としたものになってしまいます。

それ以前の戦闘訓練の時には、教える貴方にも笑顔があったのに、特攻訓練では、それが消えて、私にも辛そうに見えました。

日本中が特攻を賛美していましたけど、私の眼には、異様というか、怖かったんです。こんなこともありました。私は、土浦で暮らすようになってから、近くの神社に貴方の武運長久を祈っていました。武勲を立てた後は、無事に帰ってきて下さいというお祈りです。兵士の家族にしてみれば、当然の思いなのに、特攻の時代に入って、それが話されなくなってしまいました。

神主さんからは、毎年「武運長久」のお札をいただくことにしていたのですが、特攻開始の後は、神主さんが、そのお札を書いてくれなくなりました。無事に帰ってくるように願うのは、必死必中の特攻隊員に対して申し訳ないので、このお札は作れなくなりましたと、いわれてしまいました。

でも、愛する夫の無事を祈ることが、なぜ、いけないのでしょうか。

だから、神主さんに、もう一度、お願いしていたら、いきなり二人組の大きな男性に、どやしつけられました。無礼者が何をいうかと喰《く》ってかかったら、私は逮捕されて、警察署に連行されてしまいました。その二人は、特高さんだったのです。私は、国民の戦意を傷つけ、大楠公《だいなんこう》精神に反した、いわゆる非国民として逮捕されてしまったのです。よくわかりませんでした。特に大楠公精神というのがわかりませんでしたし、それに反しているというのは、もっとわかりませんでした。私は小学校で、楠木正成《くすのきまさしげ》の千早城《ちはやじよう》の戦いは習っていました。その智謀《ちぼう》で、鎌倉幕府軍を打ち破った忠君だと習っていました。

　が、その楠木正成と、大楠公が、どう違うのかがわかりませんでした。そうしたら、特高さんが馬鹿にしながらも、丁寧に教えてくれました。大楠公というのは、亡くなる寸前の楠木正成のことで、足利軍が九州から三万の大軍で攻め寄せてきた時、後醍醐《ごだいご》天皇から、湊川《みなとがわ》で防ぐように命令された。正成は、その時、三百人の一族郎党しかいなかったにも拘《かか》わらず敢然と出陣し、見事に討死にした。死ぬのを承知して見事に死ぬ。これこそ特攻精神である。お前は、そんなことも知らず、大楠公精神をバカにしていたのだと、また、全てが特攻に結びつくのだと。だから、少しでも特攻に反することは、非国民の行動、精神になってしまうこともわかりました。私も日本人だから、よくわかります。この日本を傷つけるようなことは、したくありません。

　でも、愛する人の無事を願って、どうして、いけないんですか？　死ぬことが生きることより、それほど立派なんですか？　死なずに敵を倒せば、もう一度、戦えるじゃありませんか？

　でも、貴方が、この頃から特攻で死ぬことを考えていると、うすうす気づいていました。そのお気持ちは、よくわかります。特攻の訓練を受けた若い生徒たちが、搭乗員として、九州の鹿屋基地に移動する。教官として貴方も、これに付き添っていき、見送った後、帰ってくる。その時の貴方の暗い表情を見れば、黙っていても、わかります。貴方は優しいから、自分だけが生きていることに、罪悪感を覚えていたんでしょう。

私だって、よくわかります。

でも、死なないで下さい。私と、子供のために。

三浦大尉は、かなり早くから覚悟を決めていたと思われる。

それがよくわかるのは、彼の手帳が鹿屋史料館に収められていて、自由に閲覧できるからである。

十津川も見たことがあったが、不思議なページばかりだった。

特攻に対する意見とか、沖縄戦の様子が書いてあるわけではない。死生観の記述もない。

書かれているのは、日付と名前だけである。

昭和二十年一月九日

青野　弘一

井手　広太郎

宇田川　進
江頭　彰
大崎　勇太郎
小野田　健一
加藤　寛
渡辺　勇
同年二月四日
加藤　太平
斉藤　道雄
上田　英治
尾頭　治
角田　隆次
奥野　実
門田　敏
佐伯　孝一郎
河井　実
清原　勝利

栗原　弘
東海林　健一

多分、それぞれの日に、特攻出撃していった隊員の名前だろう。あるいは、三浦が特攻訓練をした教え子たちの名前かもしれない。

ただ、名前だけを書き並べている。

彼らを見送る時、三浦は、同じ言葉を口にしたという。

「私も後から、行く」

そして、特攻隊員たちは「続く者あり」を信じて、死んでいったのである。

航空特攻だけでも、陸海で五千人以上の若者が死んでいる。

特攻が志願だったのか、命令だったのかは別にして、十津川が感心するのは、その連続性だった。

航空特攻は、原則一機一人である。

五千機をタテに並べてみる。ゼロ戦の全長は九・一二メートルだから、九メートルとしても五千機で四万五千メートルである。

しかも、ポツンポツンと突入したのではなく、連日のように、アメリカ艦船に突入していったのである。

十津川は、よくも続いたものだと、そのことに感動する。もし、昭和二十年八月十五日に終戦しなければ、更に何機、何十機、いや、何百機と、特攻の列は続いたのではないか。

なぜ、そんなにも続いたのか。

命令や指示によるとしても、十津川は、続いたことに驚く。

特攻隊員は、孤独だという。孤独の中で何を信じて、死ぬことができるのだろうか。

本当に「続いてくる者」を信じたのだろうか、いや、信じられたのだろうか？

自分は死んでしまうのだから、自分に続く者を見ることはできない。それでも、自分の後に続く者を信じていたのか。

自分が最後になるのではないかという不安は、なかったのか。

裏切った者もいたのである。「必ず、私も後に続く」と約束しながら、逃げてしまった上司もいたのだ。

それでもなお、彼らは、後に続く者がいると信じて、死んでいった。その強い連帯感があったからこそ、五千機もの特攻があったのだろう。

その連綿と続いた特攻の歴史に、たった一人で戦いを挑んでいったのが、セツだった。

彼女には、何も頼るものがなかった。

強いていえば、夫、三浦大尉への愛だったろう。そして、セツは勝ったのだろうか。

それとも、負けたのだろうか。

三通目の手紙は、いよいよ問題の昭和二十年二月十二日の事件のことが書かれている。

十津川は、その手紙を読む前に、野々村に、電話できいてみた。

「二人は、昭和二十年三月十二日、同じ日に死んでいますね。それで、二人は、最後まで夫婦だったんですか。それとも、三浦家か軍部が細工をして、離婚した形にしてしまったのですか？」

「二月十二日に事件を起こしている。海軍始まって以来の不祥事だといわれた」

「それで海軍は、セツを精神科病院に入れようとしたわけでしょう」

「そうなっていたら、当然、三浦家から離婚の手続きを取られていた筈だよ」

と、野々村は、いう。

「だが、セツは、精神科病院に入れられずに済んだんですね」

「海軍は、この不祥事が表沙汰になることを何よりも恐れたんだ。だから、セツが怪我《けが》で動けないうちに、三浦大尉を代替機に乗せて、特攻で名誉の死を遂げさせようと考えたんだ。そうすれば、セツは未亡人となる。典型的な特攻隊員の遺族ということでね」

「それで、事件のあとも、セツは三浦大尉の妻のままだったわけですね」

「いや、死んだ後も、三浦大尉の妻のままだよ。三浦家から離婚の手続きは出されていないからね」

「それはセツにとって、幸せなことだったんですかね」

「そりゃ、幸福だったと思いますよ。セツは、愛する夫、三浦広之を死なせたくなくて、戦っていたんだから、死ぬ時も彼の妻だったことには満足していた筈だよ」

と、野々村は、いった。

三通目の手紙

私は、あの日、最初からあんなことをする積りで、鹿屋の海軍基地に行ったのではありません。

（〇八三〇　神風特別攻撃隊××隊第二小隊の隊長機として、鹿屋基地から出撃する。家族一人に限って、見送ることを許可する）

という通知を受け取っていたので、出かけました。

家を出る時は、何も考えていませんでした。とにかく、貴方に特攻で死んで欲しくない。そんな悲しいことは、嫌やだ、嫌やだ。嫌やだ。その思いだけで鹿屋に行ったんです。

どうしたら貴方を止められるのか、わからなかった。

もう今日で、貴方とは、永遠のお別れになってしまう。何しろ、相手は日本という巨大な国家だから、貴方を奪い返すのは、とても無理だと半ば諦めていたのです。それでも、私は貴方を死なせたくなかった。出撃させたくなかった。その気持ちだけは強くて、あの飛行場の滑走路のそばで、出撃する瞬間をじっと待っていました。

この日は、十二機が出撃することになっていました。貴方は、第二小隊の隊長機として五番目に離陸することになっていたので、その間に、稲光が走り、雷が落ちればいいとか、アメリカ機が突然やって来て、爆弾でも落としてくれれば、とにかく貴方は出撃しなくて済む。私は、そんなことを考えながら、第一小隊から離陸していくのを、じっと見ていました。

でも、何も起きない。特攻機は一機ずつ、どんどん飛び上がっていく。そして、とうとう貴方のゼロ戦が、滑走路に入ってくるのが見えました。私は、どうしたらいいのかわかりませんでした。絶対に、このまま行かせたくない、死なせたくない、そればかりを考えていたんです。

私が見守る滑走路まで、貴方の特攻機が近づいてきました。みんなが手を振っていました。でも、私は、手を振る気はなかった。そんなことをしたら、ますます早く、貴方は飛び上がってしまう気がして。だから、私は、じっと拳を作って、手を振るまいとしていたんです。

それでも、貴方の飛行機が近づいてくる。どうしたらいいのか。その時、私は、自分が死んでも、絶対に貴方の飛行機を飛ばせるものか、そう思ったとたんに、身体が動いていたんです。貴方の飛行機の目の前に向かって、飛び出していき、必死になって飛行機の前に寝そべりました。そうすれば、貴方のゼロ戦は、止まってくれるかもしれない。轢《ひ》かれてもいい。プロペラで身体を引き裂かれてもいいと思いました。このままでは、今日限りで、貴方は死んでしまう。それなら、私も死んでしまえばいいと思ったんです。目をつぶっていたら、突然、何かが変わりました。大きな音がして、みんなが騒ぎ立てていました。そばで貴方の乗ったゼロ戦が、逆立ちになっていたんです。そして、みんなが、わあわあ騒いでいる。

貴方が、飛び降りてくるのが見えました。私は嬉しかった。貴方は生きている。動いている。飛ばなかった。これで、少なくとも今日は、貴方は死なないで済む。

途端に、私は貴方に蹴飛ばされ、襟をつかまれて引き起こされて、いきなり殴られました。続けて二発、三発。そして、また蹴飛ばされました。でも、私は嬉しかった。

私は、悪い女です。天皇陛下の飛行機を壊してしまったし、天皇陛下のために特攻しようとしている貴方を、止めてしまったんですから。非国民です。だから、殴られても当然なんです。でも、貴方に殴られながら嬉しかった。ああ、これで、私の力で、とにかく貴方を止めたんですから。だから、殴られ蹴られながらも、私は、痛さを感じませんでした。ひたすら嬉しかった。

そのうちに、整備兵の人たちや、お偉い参謀たち、飛行場長などが、わあーっと駆け寄ってきました。彼らが貴方を止め、私は、担がれて滑走路の外に引きずり出されるのを感じていました。

これからどうなるのか、わかりませんでした。ひょっとして銃殺されるかもしれないと思いました。それでもいいと思ったんです。とにかく私は、貴方を止めたかった。死なせたくなかった。自分が、そのために銃殺されてもいいと思ったんです。でも、私は車に乗せられ、近所の病院に運ばれました。貴方がどうなったのかは、わかりません。きっと、非国民の妻を持ったということで、偉い人たちから、お説教されるでしょう。

でも、死ななくて済んだんです。貴方が、どうなったのかはわかりませんでしたけれど、病院に運ばれた時に心配で「あの後、どうなったんですか?」と、ききました。軍医さんが「黙れ」と怒鳴りました。私が口を開こうとするたびに、軍医さんは私を殴り、その後、怪我の手当てを始めました。私は気を失ってしまいました。

私は貴方と結婚して、二日間の新婚旅行に出かけた時の夢を見ていました。それだけ、その時、私は幸福だったんです。とにかく貴方は死ななかったんです。

手当てを受けた後は、狭い病室に監禁されました。「お前は、気がおかしくなっている。だから、正常に戻るまで、ここに寝ているんだ」と、軍医さんが、宣言しました。

その後、今度は参謀の人が来て、「今日の出来事は忘れてやる。だが、お前が一言でもしゃべれば、お前の夫、三浦大尉は、本当の卑怯者、国賊になってしまうぞ」と、脅かされました。

それでも私は、貴方が生きていれば、それでいいと思っていたんです。だから、ひたすら、はい、はいと、聞いていました。

でも、その後、私は、貴方と会うことが許されなくなりました。非国民の妻と、帝国海軍の夫を会わせることなど、とんでもないことだと、上のほうで決められたんだと思います。

私は今、こうして貴方に届くことのない手紙を書いています。これが三通目です。あの時、一番知りたかったのは、貴方が、あの後、特攻出撃していなかったかどうかでした。

もし、翌日、すぐ新しい特攻機に乗せられて出撃してしまっていたら、私のやったことはほとんど役に立たなかった、たった一日しか貴方を救えなかった。そうなってしまうからです。

でも、噂では、貴方も上の人から強く叱責され、こんな非国民の妻を持ったということで、二日間、独房に入れられたとききました。貴方にとって、それは屈辱的なことだと思いますけど、私は嬉しかった。少なくとも二日間、貴方を止めることができたんですから。

その後、退院すると私は強制的に実家に帰され、姫川村の村長は私の父ですから、それには任せられなかったとみえて、もっと上の、市長さんが、わざわざ、私の家の近くに小屋を建てて、そこから毎日、私を監視するようになりました。

それからもう一つ。私は、父とだけは会話することが許されましたけど、他の人たちとの会話は禁じられました。私は、国を売るバイ菌みたいなもので、私にバイ菌を移されては困ると、多分、軍のほうから指示があったのだと思います。

私が家にいる時は、時々、市長の指名した男が覗き込み、私が外出すると監視が付きました。それでも私はよかったんです。

私の最大の願いは、貴方が死なないことですから。それに、家に籠って貴方に渡すあてのない手紙を書くことは、救いになりました。貴方が好きだと書くだけで、私は嬉しくなってしまうのです。このまま貴方が特攻に出撃することがなければ、「私の貴方」になる。それだけを願って、こうして手紙を書くんです。手紙だけには何を書いても許されますから。

三浦家から、私に対して離縁状が送られてきたと、父がいっていました。当然かもしれません。国を売るような、特攻の邪魔をするような非国民の妻を持っているということは、軍人にとって最大の恥辱ですから。貴方の両親が、私に離縁状を送りつけたのは当然のことです。

でも、私は、それを燃やしてしまいました。離縁状に判を押すくらいなら、私は死にたい。死んだほうがましだと思ったからです。そう覚悟を決めたら、離縁状のことは忘れてしまいましたし、二度と三浦家から離縁状が送られてくることもありませんでした。貴方は、今も神風特別攻撃隊の一員だし、貴方自身が、その後も特攻出撃を願っていたから、私には、そのことのほうが心配でした。

でも、今日は、あの事件を起こしてから二十日目ですけど、貴方に出撃命令が出たという話は、どこからもきこえてきません。このまま貴方が特攻隊員から外されれば一番いい。そう思っているのですが、そういう噂もきこえてきません。

父は、毎日のように特攻基地の様子を調べては、私に知らせてくれていました。

「三浦大尉は、毎日のように、基地司令官に代替機が見つかったらすぐ乗せて欲しい、単機でも私は特攻出撃しますと嘆願しているという。ただ、ここにきて、日本の海軍、陸軍もそうだが、飛行機が不足していて仕方なく『赤とんぼ』と呼ばれる練習機に爆弾を積んで、特攻出撃させている。三浦大尉は、それでもいいから乗せて欲しいと嘆願しているそうだが、上のほうは許可していない。なぜなら、大尉は海兵七〇期の中でも成績抜群のエリートである。それに教官でもあった。その大尉が、赤とんぼに乗って、ふらふらと特攻出撃して、簡単に撃墜されてしまったら、日本の恥になるし、軍の士気にも影響する。だから、何としてでも、三浦大尉はゼロ戦に乗って、敵の艦隊に体当たりしなければならないんだ。上層部は、今回の事件で激怒しながらも、妙な配慮をしているんだ。だから、なかなか搭乗機が見つからない。その間、三浦大尉は無事だ」と、父は、教えてくれました。特攻用に飛行機が足らないので、赤とんぼという練習機に乗せて突入させていることは、私も知っていました。そこまで飛行機が足らないなら、特攻など止めてしまえばいいのにと、私は思いました。

赤とんぼに無理に爆弾を積んで、アメリカの艦隊に突入するなど、誰が考えても馬鹿げていると思います。父も馬鹿げているといったし、実際に特攻出撃する特攻隊員だって、ゼロ戦で突入したいと思っているでしょう。赤とんぼの最大速度は二〇〇キロくらいなものです。それに二五〇キロの爆弾を積めば、せいぜい百何十キロかのスピードしか出ないでしょう。そのうえ、機体を軽くしようとして、無線機も機銃も積んでいない。アメリカの戦闘機に見つかってしまえば、間違いなく撃墜されてしまうんです。

ゼロ戦を始め、新鋭機を使っての特攻も、私は嫌いですけど、わからないことはないと思っています。でも、練習機を使っての特攻は馬鹿げていますし、あまりにもお粗末です。もし、そんなふうに逼迫《ひっぱく》しているのならば、特攻を止めたらいいのです。そうすれば、貴方は死なずに済む。私も最愛の夫を失わずに済むんです。

今知りたいのは、今の貴方のことです。貴方はどこで、何をしていらっしゃるんですか？　独房から出されて、貴方も多分、私のせいで上司からの信用を失って、どこかに監禁されているに違いないと思っています。そして、何としてでも特攻出撃させてしまえばいいと、上の人たちは思っているでしょう。

戦況が悪くなってから、日本の軍隊全体が、だんだんお粗末になってきているのは、私にもわかっています。父もそういっていました。

「貧すれば鈍する。世界一優秀だった軍隊が、飛行機や機関銃などの不足から全体的におかしくなってしまっている。冷静に戦況を考えられないんだ。だから、とにかくどんどん特攻を飛ばして、突撃させていけば何とかなると考えている。あれでは正直いって、日本は勝てそうにない。ただ、私は、負けることもないだろうと思っている」

と、「私も頭がおかしくなってしまった」父が、いっていました。

これからどうなるのかわからない。どんどん特攻で死んでいって、日本人は一人もいなくなってしまうのか。私は、全部の兵隊さんが死んでも、貴方ひとりが生きていれば、それで満足です。

私はわがままです、非国民です。売国奴です。アメリカのスパイです。それでもいいんです。

貴方さえ死なずに生きていてくれさえすれば。

四通目の手紙

貴方に会いたい。貴方がどこにいるのか、いつ、次の特攻出撃命令を受けているのか知りたい。

昨夜、私は家を抜け出しました。おにぎりをたくさん作って、とにかく歩いてでも九州に行って、貴方を見たい。そう思って抜け出したのですが、すぐ見つかってしまいました。町のほうから来ている青年団の男二人に捕まって殴られ、蹴飛ばされて歯が欠けてしまいました。その後、夜の河川敷で、私は一時間近く、二人からお説教されました。

「お前のような非国民は、アメリカの味方だから、殺してもいいんだ。だが、お前の夫は海軍大尉で、お前のような非国民の妻を持ちながらも、必死で特攻出撃を請願している。その夫に免じて命だけは助けてやる。いいか、家に帰ったら、これを読むんだ。その後は何回も暗誦しろ」

そういって、二人の男は、軍人勅諭を私に押しつけました。そして、こうも、いったんです。

「三浦大尉は、三月十二日に出撃する。新しい飛行機が本州から、送られてきた。ゼロ戦五二型だ。三浦大尉は、それに乗って出撃する。お前のような奴《やつ》は、その日一日家に閉じこもって、夫が見事に敵艦に体当たりできるように、祈っていろ」

そういったんです。

私は、絶望しました。とうとう、貴方を特攻に送り出す飛行機が見つかったんです。そうなれば、貴方は、絶対に出撃を止めない。だから、必ず三月十二日には、出撃してしまう。

私は、どうしたらいいのか。貴方が死ねば、私も生きている甲斐《かい》がない。それだけは、私にもわかっているんです。私は一日中考え、手紙を書くことにしました。特攻出撃する貴方を止められる人は、天皇陛下しかいらっしゃいません。天皇陛下ならば、貴方の出撃を止められる。

そう思って私は、天皇陛下に手紙を書くことにしました。

第六章　天皇陛下への手紙

1

「突然、このような不遜《ふそん》極まりない手紙を差し上げることをお許し下さい。

私の名前は三浦セツ。二十一歳で家庭の主婦。一歳の子供がおります。愛国婦人会にも入っておりますし、募金も必ずしております。こんな私からのお願いは、私の夫、二十四歳の海軍大尉、三浦広之を助けていただきたいことでございます。

私は主婦として、家庭を守っていきたい。子供を立派な日本国民に育てていきたい。ただ、そのためには夫、三浦広之の助けが必要なのです。夫がこれからも私の力になってくれれば、私は天皇陛下の赤子《せきし》として家庭を守り、子供を守り、国に尽くしていくことができます。その夫、三浦大尉が三月十二日に海軍特攻隊の一員として、出撃しようとしています。

私の夫は海軍航空隊の教官で、若い生徒たちを立派に訓練し、育て上げています。特攻で出撃するよりも、教官で生徒を育てたほうが、何倍もその力を発揮できる軍人なのです。

それなのに、特攻で出撃させ、一回限りで死なせてしまうのは、国家としての損失であり、陛下の御心にも添わないのではないでしょうか。

そこで、ぜひ陛下から、鹿屋の海軍基地に対して、三浦大尉の特攻出撃を中止するように命令していただきたいのです。そして、今まで通りに若い生徒たちを教えることに専念するように、お命じになって下さい。そうなれば、私も夫の助けを借りて家庭を守ることができます。

子供を、立派な日本国民に育てあげることができます。こうした私の願いなど、とても海軍の基地司令官や参謀様たちに、おきき届けいただくことはできません。夫を特攻隊員から外してくれとでもいったなら、私は、たちまち非国民として投獄されてしまいます。

でも、私には夫が必要です。

お願いの理由は今、申し上げました。夫が特攻で出撃し、一回だけの手柄を立てるよりも、教官として生徒を育てることのほうが何倍も有益であることは、天皇陛下もおわかりになって下さるのではないでしょうか。

ぜひ、夫を救う御命令をおくだし下さいませ。

私は、夫が無事でいてくれさえすれば、この命を捧《ささ》げても構いません。私の夫、三浦広之は海兵七〇期を首席で卒業し、海軍航空隊にくわわり、戦闘機の訓練も受けました。その時の成績も優秀で、そのため、若い生徒たちの訓練にあたっています。私から見ても、その仕事は、日本という国にとって必要であり、夫自身もそのことをよくわかっているはずなのです。基地の司令官の皆様、参謀の皆様もです。

ただ、夫は、自分が教えた生徒たちが次々に特攻で出撃していくのに耐えられない。見送るたびに夫は『自分も後から行く。靖国《やすくに》神社で待っているように』と約束して、送り出しているのです。ですから、その約束を守るために三月十二日にただ一機、爆弾を積んだゼロ戦で、沖縄のアメリカ機動部隊に突入するつもりでおります。

夫ほど優秀な戦闘機乗りはおりません。夫ほど優秀な教官もおりません。その夫を、ただ一回の出撃で殺すのは、国にとっても大いなる損害だと、私は思います。ですから、一刻も早く、三月十二日の特攻出撃を、止めていただきたいのです。

もし止めていただければ、その代わりに、私の命を喜んで差し上げます。喜んで私は自決することができます。お約束致します。

ですから、夫を御助け下さい。

お願い致します」

そして、天皇陛下に対する手紙の最後には、

「陛下の赤子　帝国海軍大尉三浦広之　妻セツ」

とあり、血判が押されている。


しかし、その手紙を彼女は出さなかった。

十津川が調べてみると、三浦セツは、海軍の基地司令部に電話をかけている。特攻基地の司令部の航空参謀の一人が戦後、友人に、その件を語っていたのだ。

その参謀が、電話を受けると、相手は女性で、自分は三月十二日に特攻出撃しようとしている、三浦大尉の家族の者である。何としてでも、その出撃を止めてもらいたい。もし、止めてもらえないのであれば、私は、これから天皇陛下に手紙を書いて、ぜひ夫の出撃を止めていただけるよう嘆願するつもりである。そうなれば、海軍特攻基地の汚点になるだろう。それがもし困るならば、今からでもいい。すぐ三月十二日の出撃を中止して欲しい。そういう電話だったという。

大騒ぎになるより先に、基地司令部は、その電話の件を押さえてしまった。参謀の一人が、岩手県庁にやって来て、三浦セツの監視をもっと厳しくしろと命令した。そして、当時は珍しかった家庭電話も取り上げてしまったのである。

2

最後の手紙は革の袋に入り、鍵がかかっていた。「開封厳禁」「全てが終わった時のみ開封可」と書かれていた。

「やたらに厳重ですね。なぜ、誰が、何のために、こんなことをしたんでしょうか？」

と、亀井が、きいた。

「これをしたのは多分、三浦セツ本人だろう。夫の三浦大尉が特攻で死んでいくと知って生きる甲斐を失い、幼子を抱いて入水自殺してしまった。そういう弱い女と見る人もいるだろうが、本当は、違うんじゃないかと、私は思っていた。何しろ、滑走路に身体を投げ出して、夫の特攻出撃を止めたぐらいの女性だからね。ただ単に絶望しての自殺じゃないんじゃないかな。そう思っていたんだ。だから、この袋の中には、その答えが示してあると、私は思っている」と十津川警部が応えた。

最後の手紙

姫川村も疲れ切り、死にかけています。

なぜなら、村の働き盛りの男たちは、ほとんど全員が召集され、戦地に行って帰ってきていないからです。残された妻や子供たちで畑を耕し、漁をしようとしても配属将校様がやって来て、「これから本土決戦になる。だから、竹槍《たけやり》を用意しろ。鎌や斧《おの》は研いでおけ」と、いい、毎日、女たちを集めては竹槍の訓練をしているから、疲れて畑仕事もできません。漁などは、もうだいぶ前から行けなくなってしまいました。軍の隊長が小さな漁船まで持っていき、それで、軍事物資を運ぼうとしているからです。早瀬家も疲れ切っています。このままでは、姫川村も早瀬家も、遠からず消えてしまうでしょう。

でも、そんなこと、私は許しません。どうしたらいいか、考えました。

私は夫の三浦大尉が特攻へ行くとわかってから、自殺を決意しています。それを宣伝に利用していただきたいのです。

夫を励ますために死を選んだ。その死は、大日本帝国を代表する女性の死として、宣伝に使えるでしょう。その代わり、国も海軍も県も村も、宣伝のために大きな石碑を立てて下さい。宣伝によって姫川村が立ち直れるくらいのお金、早瀬家が家を維持するだけのお金を、機密費から、あるいは、あなた方の貯《た》め込んだお金でも構いませんから、それを使って、姫川村と早瀬家、そして、私と夫の三浦大尉に対する慰労金を下さい。

もし、それが許されないのならば、私は、天皇陛下に対して実情を書いた手紙を持っていますから、それをある人に頼んで投函してもらいます。天皇陛下に届くかどうかはわかりません。でも、その手紙で、あなた方も罰せられる筈です。

私の死が、愛する夫が失われることに対する恐怖によるものではないことを宣伝しても構いません。それは、あなた方の都合のいいように使って下さい。

では、全てを期待して。

これから死ぬ用意をいたします。

先の天皇陛下への手紙は、巻紙に筆で書かれていた。宛名は「大日本帝国　天皇陛下」と、あり、差出人は「陛下の赤子　帝国海軍大尉三浦広之　妻セツ」と、なっていた。

自殺した三浦セツが、天皇陛下に手紙を書いていたのではないかという噂はあったが、本当に書いていたのだ。

十津川は、最初迷った。

どんなことが書いてあるか、見たいという誘惑もあるが、しかし、見ないほうがいいという気持ちもあった。それは、自殺した本人の気持ちをどう考えるかだった。

「私は、それよりもセツの脅し方にどれだけの効果があったのか、どれだけ姫川村を助けたのか、早瀬家を、助けたのか。さらにいえば、自殺したセツや、特攻死した三浦大尉をどれだけ助けたのか。それを知りたい」

と、十津川は、いった。

三メートルを超す巨大な烈女の碑は、一応、姫川村が立てたことになっているが、終戦直前の疲弊した村が、そんな大金を出せる筈はない。とすれば、一番の巨大組織である「軍」が立てたに違いないのである。それを調べようと、十津川は決心した。

終戦の時に、軍関係の多くの記録資料は、三日間にわたって焼却されたことがよく知られている。特に、都合の悪い書類は、徹底して焼却された。

しかし、烈女の碑が建設され、メディアが三浦セツの死を取り上げた時には、堂々と官費がつかわれた筈である。その書類は、どこかに残っている筈だった。そこで、十津川は手を回して、その書類を探した。

戦争中、総理大臣、あるいは海軍大臣、陸軍大臣、軍令部総長、参謀総長などは多額の機密費を持っていて、その機密費を使って人事を動かしたり、対外工作をしたりしていた。その金が問題の件についても使われたに違いないと、十津川は考え、それを調べていくと、やはり、当たっていた。

昭和二十年三月十二日に、セツは自殺して、同じ日にセツの夫の三浦大尉は特攻で死んだ。それを英雄に仕立てるために、時の海軍は機密費から千円の金を捻出し、使っているのである。当時、新兵の月給は八円だった。だから、千円は、莫大《ばくだい》な金額である。

その千円で巨大な烈女の碑を造り、疲弊した姫川村を元気にし、早瀬家の復興を図ったセツの願いを、結果的に叶《かな》えたのである。

亀井が、いう。

「これで、三浦セツの脅しが効いたことがわかりましたね。後は、何がわかればいいと思いますか？」

「三浦大尉も、妻のセツと同じように、投函することのない、相手が読むことのない妻への手紙を書いていたんじゃないかと思っているんだ。軍隊の幹部を育てる海軍兵学校、陸軍士官学校などを調べてみると、全ての学校で、日記を書かせているんだ。だから、三浦大尉にも日記を書く習慣があったと思う。とすれば、密《ひそ》かに妻のセツに対して、送るあてのない、相手が読むことを期待できない手紙を書いていたんじゃないか。そう思っているんだよ。もし、それがあれば、われわれの想像が正しかったとわかる。だからぜひ、読みたいんだ」

「その手紙があるとすれば、誰が持っているんでしょうか？」

「持っているとすれば、もちろん三浦家の誰かだ」

「頼めば見せてくれるでしょうか？」

「いや、ただでは見せないと思う」

「では、どうするんですか？」

「セツの手紙の場合と同じように、見せるように仕向けようじゃないか」

と、十津川は、いった。

十津川は、上司の三上本部長に頼んで、記者会見を開いてもらった。そこで十津川が、今回の事件の概要を説明し、次のように、いった。

「菊地文彦殺害事件には、太平洋戦争と、そして今もまだ問題になっている、日本軍による特攻のことが関係しています。特攻は、志願として日本だけが実行しました。なぜ、日本だけが実行したのか。そうした謎も、私たちは今回の事件に絡めて明らかにしたいのです。事件の中心人物は、海軍の三浦大尉です。特攻隊員を訓練していましたが、彼自身が特攻で死ぬ必要はありませんでした。しかし、教え子たちを次々に死なせてしまった、その責任を取る形で、自らも特攻で死にました。だが、彼にも、何かいいたいことがあったに、違いないのです。さらに、彼を、特別攻撃隊に参加させまいとして、妻のセツさんは自ら命を、絶ちました。彼女の書いた、夫への手紙が発見されました。相手に渡す術《すべ》のない、相手が読むことのない手紙です。しかし、その手紙から多くの真実が、明らかになりました。三浦大尉のほうも、妻との接触を禁じられたまま、妻宛ての手紙を書いていたに違いないのです。もし、それをお持ちの方がいらっしゃったら、ぜひ捜査本部まで送っていただきたい。そうすることによって、今回の事件の全体像が見えてくると、思うのです」

これが、新聞記者に対して話した十津川の言葉だった。

しかし、すぐには、反応は表れなかった。それは、三浦セツの手紙の場合と同じだった。同じように五日ほどして、差し出し人不明の手紙の束が届けられた。十津川には三浦圭介の顔が浮かんだ。十津川が読みたいと思っていた三浦大尉の手紙である。それは、ほとんどが妻のセツ宛てに書いたもので、相手に届くことのない手紙を、相手が目を通すことのないことを承知で書き綴っていたのである。したがって、十津川が期待したように、より強い真実が、書かれている可能性が高かった。

3

三浦大尉の最初の手紙も、昭和十七年に早瀬セツと、結婚した思い出で始まっていた。

昭和十七年四月、二人は結婚した。戦争は始まっていたが、連合艦隊は健在だし、アメリカ軍は、フィリピンまでやって来てはいない。何よりも特攻隊などという意識は、まだどこにも生まれてはいなかった。

だから、彼らは二日間の新婚旅行を楽しみ、海軍航空隊の基地があった土浦市に新居を構えて、新婚生活を始めることができた。セツの手紙も呑気《のんき》なものだったが、三浦の手紙も逼迫感がなく、新婚生活をひたすら楽しんでいる感じである。

もちろん、昭和十七年四月に結婚したからといって、その直後に書いた手紙ではない。結婚した後二人は、海軍航空隊のあった土浦に家を借り、そこで二人で、生活していたのだから、手紙を書く必要はなかった筈である。

第一の手紙は、三浦大尉が教官として福岡に赴任し、戦闘機技術を教えていた後、昭和十九年十月に神風特別攻撃隊が編制され、その後、彼は特攻隊員を教育することになってしまったことが書かれている。

当然、別居生活である。

特攻の訓練が始まってからの部分は、明るい言葉が少なくなり、逆に切実な言葉が増えている。

死が身近なものになっているからだろう。

その次の手紙は、

「しきりに、君のことを思い出して困った」

で始まっていた。

特攻訓練のため、君に会えなくなって数ヶ月経つ。

君のことを忘れようとして、生徒たちに対する訓練を必要以上に厳しくやっているのだが、それでも、いや、なおさら君のことを思い出してしまう。

それも精神的にではなく、肉体的に思い出してしまうのだからやり切れない。

自分でもだらしがないと思うが、仕方がない。私も若いのだ。今も君のこと、君の身体のことや君の声を思い出しながら、この届くことのない手紙を書いている。そんな時、どうしても若い生徒たちのことを考えてしまう。ほとんどが予科練の卒業生で、年齢は十七歳。十五歳で予科練に入って二年間の教育を受ける。若い、いわば少年たちだ。しかし、二年間で飛行機の操縦に練達できるはずがない。

つまり、どうせ特攻で死ぬんだから、突入することさえ教えればいいという、上の安易な教育方針で集められ、私が教育しているのだが、これは明らかに間違っている。たとえ特攻であるとしても、必要な操縦訓練はすべきだ。それができない。そして、どうしても考えてしまうのは、彼らが十七歳という若さだということだ。

私は今、二十四歳。それでも君という伴侶を得て、君を愛している。だが、生徒たちはほとんど女を知らないだろう。女を抱いたこともないだろう。それなのに、何日か後、あるいは何ヶ月か後に、彼らは死ぬのである。

亡くなった山本五十六連合艦隊司令長官は、「軍人が早く結婚することに反対」だったときく。軍人は、どうしても戦場で死ぬことが多いから、いたずらに未亡人を作るのは反対だという趣旨だったが、今や特攻という特別なものが生まれてしまい、山本五十六連合艦隊司令長官の考えとは変わってしまったと、私は考える。何しろ特攻隊員は、運がよければ生きていて、家庭の父親になれるというものではないからだ。

特攻隊員に指名された時から、一ヶ月、あるいは一週間以内に死ぬことが決まっている。そんな若い兵士と結婚するような女性はいないだろうし、特攻隊員自身も、結婚してすぐ死んでしまうことを考えれば「結婚して欲しい」と、好きな女性にいうことも、難しいだろう。

山本五十六連合艦隊司令長官の言葉とは違う意味で、特攻隊員は結婚せずに死んでいくのである。自分の意志ではなくて、死んでいくのである。そして、結婚もできないでいる。それを考えると、なおさら私は、自分の生徒たちが哀れでならない。かといって、土浦の周辺にも女性がいる場所があるが、そこで女と遊んでこいともいえない。

女を買って遊んで帰ってきた生徒たちは、一目でわかる。やたらに興奮し、酔っぱらって大声で叫んでいるのだ。俺は一人前になった、女を抱いた、女を知った。それで興奮している。可愛いものだと思う。

だが、その少年たちも間もなく死んでいく。そう考えると、何となく悲しくなってくる。自分は女を抱いた。それも、商売女を抱いた。それだけが彼の嬉しい、輝かしい思い出になっているのでは、あまりに可哀想ではないか。

プロの女と遊んだことで、女を知ったことになるのか。そんな質問を死んでいく彼らにしたところで、意味がないだろう。知ったと思って死んでいく者もあれば、女を知らずに純粋に女性を憧れの的と考えて死んでいく者もいるだろう。

いずれにしろ正当な恋愛、正当な結婚を与えられずに死んでいく特攻隊員は哀れだと思う。うがった見方をすれば、上のほうは、女を知らない十七歳の少年が、少年のままで死んでいけば、国を想《おも》う心も純粋で迷いもないだろう、そう思って、わざと女を知らないまま突撃させていくのかもしれない。

女を知り、女を愛し、結婚してしまえば、それだけこの世に迷いが出て、特攻をためらってしまう。そう考えて、上のほうは、女に対しても世間に対しても、彼らを純粋培養しているのではないか。

特攻隊員に決まった生徒たち。以前、私は戦闘機乗りを養成するため教官をしていた。その頃の生徒と、特攻が決まってしまった生徒とは、同じ少年とは思えないことが一つだけある。前者は、大きな夢を持っていた。アメリカの戦闘機との空中戦で死ぬかもしれないが、それだからこそ彼らは、大きなことを話していた。

「撃墜王になってやる」

とか、

「アメリカ本土を爆撃してやる」

とか、やたらに大きなことをいっていた。

それが、特攻隊員になって死ぬことが決まった後は、なぜか小さいことに、やたらに感動するようになっている。飛行場のわきに小さな花が咲いているのを見て、しきりに喜んでいる少年たち。小さな仔犬が迷い込んできたといって、みんなで可愛がって喜んでいる少年たち。

なぜだか私にはわからない。十七歳で死ぬことを、何とかして自分に納得させようとしているのだろう。そうなると、大きなことに目を向けず、身近な小さなことに眼が行ってしまうのかもしれない。小さな野花、小さな犬、それらと戯れることによって、自分の死を小さくしていって、何とか納得させようとしているのかもしれない。そう思うと、なおさら彼らが可哀想になってくる。

だが、私は意気地なしで、彼らのために特攻反対、戦争反対を叫ぶことができない。わが三浦家の家系もある。海兵での教育は、いずれにせよ、私自身の責任だ。最後には、私自身が生徒たちに続いて特攻することで、免罪になると思っている。小さい男だ。

セツよ、お前のことを考えていると、そんなことが忘れてしまえる。自分を卑下しなくて済むようになってくる。それだけでも嬉しい。

愛している。

三通目の手紙には、最初の子供、男の子が生まれた時の思い出が書かれていた。

生徒たちへの特攻訓練の合間に、電話で子供が生まれたことを知らされた。男の子らしい。前々から考えていた名前、私の一字を取って「広志《ひろし》」と名付けた。しかし、会いに行くことは許されなかった。何しろ、私の教えた特攻隊員が二人、今日、沖縄に向かって出撃していったからである。

私は二人を見送り「必ず私も後からついていく。待っていてくれ」と、いった。それ以外に、どんな言葉も意味がないと思っているからだ。

冷静に考えれば、死ぬ技術を、彼ら十七歳の少年たちに教えていることになる。彼らは黙って、教えた通りに練習を続けている。

低空で近づき、急上昇し、操縦桿を前に倒す。そして、翼のために浮き上がろうとする機体を押さえ込む。その繰り返しの訓練である。敵艦を沈めるための訓練。だが、いい換えれば、自殺するための訓練である。十七歳の若い彼らは、何の質問もしてこない。

私の特攻出撃の日が決まった。二月十二日である。その日に、私の教え子の三人が、沖縄に向かって特攻出撃することが決まったからだ。私は三人と編隊を組む。

誰に命じられたことでもない。私が、自分自身に命じた出撃である。

君は、最初から私の特攻に反対だった。

「なぜ、貴方が死ななければならないの。第一、上からの特攻命令が、貴方に下されたわけでもないでしょう。貴方は引き続き、新人の訓練を命令されているのに、なぜ、進んで死のうとするのか。私にはわかりません。そんな馬鹿なことは止めて下さい」

と、君は、いい続けた。

しかし、私は死ななければならないのだ。君にわかってもらえなくとも、私自身は、初めから、生徒たちに特攻訓練をするように決まった時から、死ぬことを決めていた。私が生徒たちに、特攻を命じているわけではない。命じているのは司令官だ。だが、私は、その少年たちに、いかにしたら特攻が成功するかを教え続けている。誰が何といおうと、いや、私自身これは特攻の共犯者なのだと考えていた。それ以外に考えようがない。

私は、特攻に反対しなかった。その時点で、特攻を命じた司令官と同じ罪を、十七歳の少年たちに犯しているのだ。

そして、二月十二日に、あの事件が起きた。四通目はそれについて書かれている。セツに宛てて書いたというより自分の思いを書き綴ったようだ。

あの瞬間、私はブレーキを踏み、操縦桿を左に倒した。あっという間に、私のゼロ戦は逆立ちになり、私は座席から放り出された。一瞬、何が起きたのかわからなかった。

次の瞬間、私を襲ったのは、怒りと恥ずかしさだった。このままでは、私は日本一の卑怯者になってしまう。最も恥ずかしいことが起きた。私だけが恥ずかしいのではない。わが三浦家の恥、それは、彼女の家にも及ぶ。彼女は日本海軍が、大日本帝国が決めた作戦を止めようとしたのだ。

しかし、次の瞬間、私は、横たわっている彼女に向かって、飛行長や航空参謀たちが飛び出そうとしているのを見た。このままでは、彼女は殺される。絶対に射殺される。そう思った。殺されても仕方がないとは思う。彼女が取った行動は、日本国家の作戦を妨害することで、完全な売国行為なのだ。

こちらを見つめている航空参謀たちの眼は、血走っていた。私は咄嗟《とっさ》に、滑走路に倒れている妻を蹴り上げ、殴りつけた。そして、殴り続けた。殴り続けている限り、彼女は殺されないだろうと信じた。そう思って殴り続けたのだ。

妻は、ほとんど無抵抗だった。顔中が血まみれになり、それでも私は殴り、蹴飛ばし続けた。それを見て参謀、飛行長たちは足を止め、それから何かを相談していた。

整備兵たちが、ばらばらと、こっちに向けて駆けてきた。

私を基地司令や参謀たちのところに連れていき、妻は担がれて、滑走路の外へと運ばれていった。

私は、基地司令たちの前に引き据えられ、一番若い参謀が、私を殴って叫んだ。

「何だ！　このていたらくは！」

その後は、もう滅茶苦茶《めちゃくちゃ》だった。

参謀は、ありとあらゆる罵詈雑言《ばりぞうごん》を浴びせかけてきた。

そして、私を殴り、蹴飛ばした。

私は抵抗しなかった。

その参謀が疲れて殴るのを止めると、基地司令が、忌々《いまいま》しげに、怒鳴った。

「あの女はおかしくなっている。すぐ病院に連れていけ！」

「お前の女房だろう。どんな教育をしているんだ！　あんな非国民に育てやがって！」

逆に私は、これでやっと妻は助かる。殺されずに済むと思って、その場に座り込んでしまった。車が、彼女を運んでいった。病院なら助かるだろう。そんなことが、私の脳裏を走っていった。そして、私も、気を失ってしまった。

司令部は、処罰よりも「隠蔽」を選んだのだ。そのため、セツは処刑されずに済んだが、入院とは名ばかりで、病院内の一室に怪我が治るまで監禁されることになった。そして、私のほうは、無期限の謹慎が命令された。

病院に運ばれたセツの様子は、全くわからなくなってしまった。だから、私はこうして、届くことのない手紙を、出撃するまで書き続けることにした。

しかし、何とかして彼女の消息を摑《つか》みたかった。そこで、衛兵の眼を盗んで、基地周辺の病院を見て回ったりしたのだが、セツが、どこの病院に運ばれたのかもわからなかった。

ひょっとすると、密かに処刑されてしまったのではないかと、そんなことまで考えてしまった。しかし、ある日、実家の父が、私が寝起きしている基地の兵舎に、手紙を放り込んでくれた。セツの父親が置いて行ったという手紙には、ただ一行、次のように書いてあった。

「三浦家と早瀬家の名誉は、セツに守らせる。約束する」

それだけだった。セツが無事だとわかったが、手紙の言葉が何を意味しているのか、私にはわからなかった。第一、病院に入っている妻に、いったい何ができるというのだろうか。不思議なことにそれを機に、毎日のように殴られていた私に対して、急に周囲の態度が変わった。

セツの父親は、三浦家と早瀬家の名誉を必ず守ると約束した。確かに、あの日のセツの行動で、両家の名誉は傷ついてしまった。いや、消えてしまったといってもいいだろう。セツは拘束され、私は妻の監督さえできないのか、妻を反戦家にしてどうするんだといわれ、毎日反省文を書かされ、毎日殴られた。

さらに、そんな男に、立派なゼロ戦は与えられない。赤とんぼで死んでこいといわれた。それが、ある日を境に突然、説教も制裁もなくなり、新しいゼロ戦五二型が与えられることが決まった。セツか、あるいは、セツの父親が何かやったに違いないのだが、どんなことをしたのか、私には全く見当がつかなかった。

ただ一つ、セツは東北の女性らしく口数は少ないが、こうと決めたら頑として動かないところがあると、前から思っていた。それが今度のことに関係があるのかもしれない。心当たりはそれだけだった。


最後の手紙は、昭和二十年三月十一日、特攻出撃の前日に書いたと思われるものだった。


明日、私は、ただ一機で特攻出撃する。

すでに、私が乗ることになっているゼロ戦五二型が運ばれてきていて、飛行場の掩体《えんたい》壕《ごう》の中に納められている。それだけでも、私にとっては過分な扱いである。何しろ私は、数十名の若い生徒たちに特攻の訓練を施し、出撃させているのだ。無責任な司令部や参謀たちは、特攻隊員、軍神の育ての親と、私のことをいっているようだが、それは間違いである。私は、数十人を死なせた死神といってもいいのである。その責任は取らねばならない。

たった一人でも、死なせてしまったら、その償いはすべきだろう。だから、私は、誰が何といおうと、セツがどんなに止めようと、彼らの後を追って出撃しなければならないのである。特攻教育を始めた時から、私は覚悟していた。自分の「死」以外で、何十人もの若者たちを死なせた償いはできないのだから。

今、一人でいると、いったい「特攻」とは何なのだろうかと考えてしまう。軍の上層部は、特攻以外に日本を救う道はない、アメリカに勝つ方法はないといっている。一機でアメリカの艦船一隻を沈めていけば、二千機で二千の艦船を沈めることができる。そうすれば勝つことができるという。明らかに非現実的である。

特攻の話があった時、パイロット全員が反対だった。反対の理由は、はっきりしている。今までの猛特訓は何のためだったのか。実際に敵の戦闘機と戦ってきたのは何のためだったのか。それは全て、何回でも戦うためである。それなのに、なぜ簡単に死ななければならないのか。だから、全員が反対だった。

それに、体当たりが、上手く成功するとは限らないこともある。上空から爆弾を投下すると加速力がついて破壊力が大きくなるが、爆弾を抱いたまま飛行機で体当たりしても、飛行機の翼の揚力がついてしまうので、逆に爆発力は軽減してしまう。そのくらいのことは参謀も飛行長も、皆よく知っている筈なのに、なぜここに来て軍令部は、特攻を主張したのか。

大西中将は、ここまで来ては、この方法以外に敵と戦う術はないと主張したという。だが、それは間違いだ。今まで通りの戦い方で構わないのだ。そのほうがやる気が出るし、戦いやすい。それなのになぜ、特攻以外に戦う方法がないと主張するのか？

それは多分、このままではアメリカに勝てないとわかったからに違いない。そうなれば、後は、どうすれば勝てるかだが、勝つ方法が見つからない。そこで、特攻で死を賭せば、天皇陛下にも許してもらえるだろうし、歴史的にも日本の軍隊が恥をかくことはないと考えたのかもしれない。

死ねば全てが許されてしまう。これ以上の言い訳はない。そう考えての特攻だと、私は思っている。だが、それは死を軽く見ているのではないか。日本は昔から死を重く見る考え方が少なかった。死を鴻毛《こうもう》の軽さと見る心が最も崇高だと教えられてきた。

では、死をどう覚悟するのかというと、眼を閉じて瞑想《めいそう》して、どこかで悟るより仕方ない。それは仏教の僧侶の考えである。若い血気盛んな少年たちに、高僧のような悟りを開けというのは無理というものだ。それも二、三日の短い間に死を覚悟しなければならない。そんなことは無理に決まっている。だから、少年たちの多くは、悟ったような中途半端な感じのまま、敵艦に突入した。

「武士道とは死ぬことと見つけたり」

というのは、いかにも立派な言葉にきこえるが、よく考えてみれば何も語っていないのだ。

死ぬことと思えなかったらどうなるのか。それは、お前が間違っている。悟りがないという、それだけの話である。だから多分、私の教え子たちは悟り切れぬまま、ただひたすら命令を守ろうとして死んでいった。私も後から死ぬわけだが、向こうへ行ったら、彼らにきいてみたい。納得して死んだかどうか、それをきいてみたいのだ。

明日、私は、急ごしらえの飛行場から、ゼロ戦五二型に乗って突撃する。私の明日の出撃は昭和二十年三月十二日〇八三〇である。なぜか、その時間には妻のセツが死んでいるような気がして仕方がない。もし、それが当たっていれば、私は明日、死んであの世でセツに会えることになる。

十津川と、同じように三浦大尉の手紙を読んでいた亀井が、

「これで、全部終わりましたね」

と、いった。

「いや、肝心なものが終わっていない」

十津川が、いい返すと、亀井は、小さく舌を出して、

「そうでしたね。肝心なことがまだ終わっていませんでした。殺人事件の犯人が、まだわかっていません」

「最初のうちは、特攻で死んだ三浦大尉と、特攻に反対していた妻のセツ、二人の間で諍《いさか》いになった。それが現在にまで、後を引いていて殺人の動機になったのかと思っていたが、夫婦の間には、ある種の合意があった。最後には許し合っていた。となると、殺人事件の動機は他にあるということになってくる」

と、十津川が、いった。

「三浦夫妻が原因でないとすると、何ですかね」

「多分、犯人と殺された菊地文彦との、特攻に対する考え方の違いだろう。その論争が激しくなり、犯人は我慢できなくなって、菊地文彦を殺してしまったんだ」

「そうだとすると、菊地が特攻に対してどんな考えを持っていたかわからないから、それに反対する人間となると、更に見つけ出すのが難しいですよ」

「わかっている」

「それでは、どうしますか」

「われわれも、犯人に対して論争を挑もうじゃないか。被害者菊地文彦と同じように」

「犯人は現れますかね」

「それはわからないが、多分、特攻について人一人殺すほどの意見を持っているんだ。

どんな意見か、ぜひききたいと思っている」

十津川は、新聞社に頼んで、一つの広告を載せてもらった。

「今回の殺人事件の容疑者にききたい。今回の事件を捜査していて、私は太平洋戦争で日本軍が使った特攻という戦術について、いろいろと考えてしまった。これを否定するも、肯定するにしても、あまりにも大きな問題だからだ。そこで私は、容疑者の君の意見をききたいのだ。君は、特攻についてどんな意見を持っているのか。それがききたい。会って話をきく間、君を逮捕しないことを約束する。

君の要求する条件の下で、二人で会って話をしたい。君もおそらく特攻についての意見を持っていて、それを、話したいと思っているに違いないと思うからだ。もし、君が望むなら、会って話をしたい」

十津川は、捜査本部の電話番号ではなく、自分の携帯の番号を書き添えた。「犯人」と書かずに「容疑者」と書いたのは、そのほうが、出てきやすいと思ったからである。

すぐに返事があるとは思っていなかった。だから、十津川は、根気よく返事を待った。返事は必ずあると確信していたのは、相手が殺人を犯すほど、特攻というものにこだわっていると思ったからだ。それならば、どこかで自分の意見を披露したいと思っている筈である。だから、待った。

4

一ヶ月後、十津川の考えは当たって、彼の携帯に容疑者からの連絡が入った。それまでにも何度か携帯が鳴って、出ると切れてしまったことがあったが、それも、容疑者が鳴らしたものに違いないと、十津川は思っていた。

そして、とうとう、我慢しきれなくなって相手は話をしてきたのだ。男の声が、十津川に、いった。

「これから、タクシーを迎えにやるので、それに一人で乗って、こちらの指定する場所に来て下さい」

丁寧な口調だった。

「どこへ行けばいいのかね？」

「それはいえませんよ。いえば、前もって手配されるに決まっていますからね。タクシーが迎えに行くから、それに乗って来て下さい」

二十分ほどして、個人タクシーが迎えに来た。黙って乗り込み、運転手を見る。個人タクシーで運転手の名前が書いてあったが、それは多分、偽名だろう。

運転手は黙ってアクセルを踏み、十津川を乗せたタクシーは動き出した。十津川は、眼を閉じた。別に、どこに行くというのを知ったところで、今日は、相手を逮捕することはできない。

一時間近くかかって、眼を開けると、山の中の一軒家の前で、周囲に人家がないような場所で停まっていた。

「眼の前の家で待っていて下さい」

タクシー運転手が、いった。その時、初めて面と向かって、タクシー運転手の顔を見た。

「なるほどね」

と、十津川は、一人で頷《うなず》いた。

「君が運転手兼容疑者か」

「詮索はいいですから、とにかく前の家に入って下さい」

と、いう。

十津川は、車を降りて、山荘のように見える家の中に、入っていった。

今は五月。昭和二十年三月十二日には、三浦大尉がただ一機でアメリカ機動部隊に突っ込んでいった。今日は暑いのだが、山の中は涼しい。

入っていくと、ストーブが焚《た》かれていた。ソファーに腰を下ろして待つ。男が入ってきた。やはり、あのタクシー運転手である。だが、服は着替えていた。

男は自分でコーヒーを淹れると、十津川にも勧めた。

「毒は入っていませんよ」

と、いう。

十津川は、思わず笑ってしまった。

「今日、私は君を逮捕するつもりはない。今日は君の話をききたいんだ。特に、特攻についてどんな考えを持っているのか、それをききたい」

「十津川さんは、身内に特攻で死んだ人はいますか？」

「一人もいない。それが幸運だったかどうかはわからない」

「私の祖父は、昭和二十年三月に特攻隊員として、九州の知覧から出撃しています」

「なるほど。少しは君のことがわかった」

「それで、祖父は軍神になりました。四国松山《まつやま》の人間でしたが、玄関に『軍神の家』という表札がかけられ、近くの人たちが毎日のように押しかけてきたそうです。しかし、祖父は死んでいなかったんです」

十津川は、黙って先を促した。

「あの頃、特攻機は、九州の基地を出発すると奄美群島を南下していき、沖縄周辺のアメリカ機動部隊に突撃していったんですが、当時は機材も悪く、エンジンの故障が多くて、祖父が乗った特攻機は途中で故障して墜落。奄美群島の小さな島に流れ着いたといわれています。軍のほうは消息が絶えたので、てっきり特攻死したものと考えて発表してしまい、祖父の名前は、いわゆる軍神として新聞に発表されてしまいました。ところがその後、苦労して半月後に九州の基地に帰り着くと、今度は軍の上層部によって監禁されてしまいました。いわゆる振武隊事件です」

「振武隊事件なら、本で読んだことがある」

と、十津川は、いった。

振武隊は、陸軍特攻隊の部隊の一つである。したがって、振武隊というのは、陸軍の特攻を代表する部隊の名前と考えていい。

三月下旬になると、アメリカは沖縄に狙いをつけて侵攻してきた。沖縄決戦である。そこで、沖縄でアメリカを撃滅しようとして海軍も陸軍も、続々と特攻隊を出撃させていった。陸軍でも、一日に十機ほどの特攻機を九州南部の特攻基地から出撃させている。

しかし、その頃になると、B29の爆撃によって日本本土の工場が破壊され、ガソリンの質も低下し、更にパイロットの腕も急激に低下していったために、沖縄に辿り着く前に、故障や操縦ミスで墜落してしまう飛行機が多くなった。

彼らの多くは、奄美群島の小さな島に辿り着き、そこから苦労して漁船に乗せてもらったりして、九州の特攻基地に戻ってきた。当然、軍は温かく迎えるべきだろう。ところが、それに対して、特に陸軍の場合、司令部や航空隊の参謀たち、あるいは飛行長たちは、死ぬのが怖くなって、自ら不時着したのではないかと、戻ってきたパイロットたちを疑った。

そこで、彼らを収容施設「振武寮」に監禁し、卑怯な考えを鍛え直すとして、毎日のように殴りつけ、精神的にも鍛え直すとして「軍人勅諭」を書き写させた。これが「振武隊事件」で、戦後、しばらくは知られることがなかった。

監禁されたパイロットは、数十名といわれている。彼らは卑怯者といわれたことに腹を立て、

「新しい飛行機があれば、すぐにでも特攻出撃したい」

と、いったが、上層部は、

「お前たちに飛行機を与えれば、また故障と称して、逃げ帰ってくるに違いない」

として、代替機をなかなか与えずに監禁を続けた。その結果、振武寮で監禁されたまま、終戦を迎えた。

「祖父は、その時、二十一歳でした。終戦を迎えて助かったことは幸運だったのですが、世の中の特攻に対する態度は、がらりと変わってしまい、『神様』から『特攻くずれ』になってしまったんです。

特攻くずれというと、暴れ者というような眼で見られていたといいます。だから、特

攻くずれの祖父は、ちゃんとした仕事に就けなくて、当時、日本各地に闇市がありましたが、松山でも顔役の一人が開いていた闇市の一つで働くことになりました。その後、闇市はマーケットに変わり、会社組織になったんですが、構成は変わらずに顔役が社長になり、祖父は、そこの社員となって、結局、喧嘩《けんか》が元で、三十五歳で死にました。父は、そんな祖父のことをほとんど口にしませんでしたが、私は、学生時代から戦後の日本の研究をしている間に、祖父の名誉を回復してやりたいと思うようになった。神様にされたり、乱暴者にされたり、そして最後は、喧嘩で死んでしまった。あまりに可哀想じゃありませんか。祖父は二十一歳の若さで、祖国のために死のうとしたんです。それは、どう考えても立派だと思うんですよ。だから、そういう気持ちで私は特攻というものを見てきました」

「わかりました。わからないのは君と、菊地文彦の関係だ。別に、君が菊地文彦を殺したと決めつけたりはしない。ただ、もし関係があったのなら、それを話して欲しい」

と、十津川は、いった。

男は、しばらく黙っていたが、

「学生時代に、菊地さんの書いた『小さな歴史見つけた』という本を買って読み、好きになりました。それで、ファンレターを送ったこともあるんです。今回、菊地さんが東日本大震災に絡んで、姫川村から生まれた特攻の話を調べているときいて、ぜひ手伝わせていただきたい、自分の祖父も陸軍の特攻隊員だったということを話したんです。そうしたら、手伝ってほしいといわれて、菊地さんの取材を手伝うことになりました」

と、いう。

「しかし、菊地さんは、特攻を非難していました。私は、菊地さんが、間違った特攻に対する評価を考え直し、特攻の名誉を、回復して下さるものと信じて、手伝ったんですが、そうではありませんでした。そのことに私は絶望しました」

「君は、特攻について、どう考えているんですか。一般に特攻は『作戦としては外道だが、そのために命を捧げた特攻隊員たちは立派だった』とされている。君は、どう思うんですか？」

と、十津川が、きいた。

「私は『作戦は外道だが』というのは、間違っていると思います。もしそうなら、そんな間違った戦術のために、多くの若者が死んでしまったことになるじゃありませんか。だから、私は『特攻の若者が立派なら、作戦も立派だった』と、そう考えなければおかしいじゃないか、国家として間違っているじゃないかと思うんです。それで、いろいろ調べました。アメリカの海軍大将に、スプルーアンスという人がいましたよね。その人が、こういっているんです。『レイテ決戦で日本軍が決行した神風特別攻撃隊は立派だった。あの時点で、あれ以上の作戦は考えられない』と。敵将が賞賛しているんです。

それなのに、日本人が作戦としては外道だなんて、決めつけてどうするんですか」

「そのスプルーアンスの評価というのは、私も知っています。あれはアメリカ人らしく、あの時点で神風特別攻撃隊という作戦が、本当に効果があったのかどうか、それを計算して答えを出しているんです。スプルーアンスは、あの時点で神風特別攻撃隊というのが、最も効果的な作戦だったと評価しています。しかしね、スプルーアンスは前提として、全ての特攻が志願だという必要があると、いっています。その前提を忘れてはいけないと思う。もし、一人でも命令だったとすれば、彼の評価はゼロになってしまう。それがアメリカ的な見方なんですよ。私から見ると、全ての特攻が志願だったとは、とても思えない。半分は志願で、半分は命令だった。そのくらいのことだと思うから、私はスプルーアンスの評価は、その前提がなければ評価できないと思っていますよ」

と、十津川は、いった。

「私の祖父は、間違いなく志願でした」

男は、いい、その後、黙ってしまった。

「それ以上、何かいうことはありますか？」

「今日は、これで止めておきます。とにかく警部さんに、特攻についての考えを話せた。それだけでも満足ですから。今日はこれでお別れします。一時間、ここにいて下さい。その後、私を追いかけても結構です」

と、男が、いった。

「一時間。守りますよ、時間は。ただ、名前を教えてもらえませんかね。まだ名前をきいていない」

十津川は、いった。

「中山修《なかやまおさむ》、二十八歳です。祖父の名前は中山勝《まさる》。調べてもらえば、特攻隊員だったことがわかりますよ」

そういって、部屋を出ていった。

十津川は、ゆっくり立ち上がり、部屋の中を見回した。車の音がきこえた。車を停めておいて、それに乗って、相手は姿を消したらしい。

第七章　愛と死と特攻と

1

ここにきて、十津川は、容疑者中山修に対して「特攻」について、自らの回答を示す必要を感じた。

今まで担当した事件とは、そこが違っていた。

容疑者は、中山修。おそらく、この男が犯人で、偽名とは思えない。彼を見つけ出すのは、さして難しいとは思えないが、それだけでは完全な解決にはならないと、十津川は、思っていたからである。

彼は、菊地文彦を殺したことを、間違っていたとは思っていないのだ。したがって、ただ逮捕しただけでは、犯人だという証拠を示しても、自分の行為が間違っているとは認めないだろう。それでは、今回は、本当の解決にはならない。

この事件が、思想の殺人だからである。

十津川は改めて、特攻について勉強することにした。

特攻とは何だったのかという、初歩的なことから始めた。

戦争では、それが激戦であればあるほど「決死」という言葉が多くなる。それを実行するのが決死隊である。日清戦争でも日露戦争でも、そして、日中戦争でも決死隊が生まれ、それは英雄であり、時には軍神と呼ばれた。

この決死は、九死一生で、十分の一は生き残る可能性のある戦いだった。だから、兵士たちは納得した。危険だが、十分の一でも、いや、千分の一でも助かる戦い方、武器だったからである。

太平洋戦争でも、初戦の頃は同じだった。

最初の激戦地でも、兵士は九死一生だったのである。

軍部も、いくらわずかでも助かる可能性がなければ、実行の許可は与えなかった。

一番有名なのは、ハワイの真珠湾攻撃の作戦を練っていた時、司令長官の山本五十六は、生還の見込みのない特殊潜航艇の参加を、ぎりぎりまで許可しなかった。

しかし、戦争が激化し、多くの若者が死んでいった。

軍の上層部は、ここにきて戦争を有利に導くためには、普通の攻撃では間に合わない。一機一艦、つまり、体当たり攻撃でなくては勝てないと、いい出したのである。兵士の数が足りなくなってきて、体当たり攻撃の人数が不足して、最低年齢の十七歳の少年たちが、特攻に参加することが要請されるようになった。

ただし、飛行兵の場合は、その前に飛行訓練が必要である。しかも、徴兵年齢は十七歳まで下がっていたから、十七歳以前から教育の必要があった。しかし、それでは徴兵年齢に触れてしまう。

そこで陸軍は少年飛行兵、海軍は予科練の制度を使うことにした。いずれも十五歳で入学、二年の訓練を受けて、十七歳で卒業である。十七歳なら徴兵年齢に達しているから、直ちに特攻として採用し、そのまま艦船に突っ込ませる。

これなら特攻の連鎖が途切れることはない。

昭和二十年になると、十七歳の特攻兵が激増する。現在の高校三年生である。

彼らは、ある意味、最も優秀な特攻隊員だった。十五歳で軍の学校に入り、その後、二年間、ひたすら実戦のための訓練を受け、卒業と同時に特攻基地に配属される。特攻について疑問を持ったこともなく、まっすぐ敵艦に突っ込んでいくからである。

特攻隊員を指揮する現地司令官や参謀、飛行長たちは、十七歳の隊員が一番扱いやすかったという。

逆に一番扱いにくかった特攻隊員は、学徒動員で大学を途中で辞め、入隊した学徒兵だったという。彼らは特攻隊に入ることになっても、死について考えて悩み、時には、その疑問をぶつけてくるからだった。

その中間が普通の戦闘機乗りや爆撃機、雷撃機で戦闘をしていたのに、ある日、突然、特攻に廻された飛行兵である。

彼らは実戦の経験が多ければ多いほど、特攻には不満だったという。最初の特攻といわれる海軍の神風特別攻撃隊の関大尉も、親友には「おれのような優秀な人間を、特攻に使うなんて、日本ももう終わりだよ」と、不満を口にしていたという。

こうしたレベルの違うパイロットたちを、特攻という一つの流れの中に注ぎ込むという乱暴さは嫌だと思うが、それ以前に、はたして特攻が必要だったかどうかを考えてみたいと思う。その答えが、そのまま中山修容疑者に対する答えになると思うからだ。

十津川は、必要なかったと考えているが、中山修は必要だったと考え、それを否定する今の世の中に対して、その意見を代表する菊地文彦に対して、怒りをぶつけたに違いない。

となれば、中山修に対する十津川の答えも必要だろう。

太平洋戦争の末期、日本の軍隊の中枢、陸軍参謀本部と海軍軍令部は、特攻を必要と考え、さまざまな種類の特攻を計画した。

陸軍では、東条英機が特攻受容について、関心を持っていたことで知られている。東条は首相、陸相、参謀総長を兼ねていたのだ。

海軍では、山本五十六の懐刀といわれた参謀が、部屋に閉じ籠って特攻受容の研究をしていた。

十津川が問題だと思うのは、伏見宮《ふしみのみや》という皇族のことである。この人は長年、海軍軍令部総長を務めた人で、皇族ということもあって、他の将官たちが反対しにくかったといわれている。

この伏見宮は、戦局不利の状況の時、天皇に会って、

「特殊な兵器を考えておりますので、ご安心下さい」

と、奏上したというのである。それに対して天皇が、それを扱う兵士のことを心配すると、

「必ず脱出装置をつけますので、ご安心下さい」

と、答え、天皇も安心された。そこで、伏見宮は、天皇の御賛同を受けたというので、この兵器の設計を命じるのだが、そこには脱出装置など最初から入っていなかった。

天皇を騙したのである。

これは、昭和十九年十月に、最初の神風特別攻撃隊敷島隊が突入する数ヶ月前である。

飛行機を使っての航空特攻だけではない。海軍の、

人間魚雷といわれる回天《かいてん》

ロケットによる桜花《おうか》

モーターボートに爆薬を積んで突入する震洋《しんよう》他にも、さまざまな兵器が研究され、製造されていたのである。

中山修、ここで、考えてもらいたいことがある。

今や「特攻」というと、必ず死ぬ、必死と同義語になってしまったが、もともとは必死の意味はなかった。

だから、生きて帰還してもいいのだ。それに、今書いたように、伏見宮は天皇に対して「必ず脱出装置をつけるので、ご安心下さい」と、約束したのである。

ところが、設計では、配慮した様子は全くなかった。

なぜ、脱出装置を考えることをしなかったのか。

操縦桿を固定した後、脱出装置を働かせて、パイロットが脱出できるように、なぜしなかったのか。

それが不思議である。脱出装置の設計図があるのなら、ぜひ見たいと十津川は思うのだが、見たことがない。もちろん、あったとしても実際の脱出は難しいだろうが、十死〇生ではなくなるのだ。

早くから設計、製造されていた海軍の回天にも同じことがいえる。人間魚雷回天は、巨大な魚雷に操縦桿を取り付けたもので、潜水艦に積んで出撃する。敵艦を発見すると、乗員が乗り込んで発進、体当たりする。

回天は直進しかしないから、逆に脱出は楽だった筈だが、脱出装置をつけたという話も、脱出したという話もきいていない。

なぜ特攻が、特別な攻撃から必死の代名詞になってしまったのか。十津川は、二つの理由があったと思った。

一つは、日本軍特有の生命の軽視だろう。日本は徴兵制だった。赤紙一枚の通知で兵隊を集めることができた。その赤紙が、一銭五厘だったので、兵隊一人は馬より安いといわれた。日本陸軍は、戦争に軍馬も使っていたが、その馬のほうが兵士よりも費用がかかったのである。

一般市民が赤紙で召集され、軍隊に入ると、

「お前たちは、一銭五厘で集められるんだぞ」

「馬より安いんだ」

と、脅されたといわれる。それが新兵教育の操縦であった。

日本の軍隊が、いかに生命を軽く思っていたかの例として、十津川は、戦車戦の話を読んだことがある。

日本は、日中戦争から本格的に戦争を始めた。相手の中国は、ほとんど戦車を持っていないから、日本の戦車は無敵だった。装甲が薄くても、中国兵の銃撃では貫通しなかったからだろう。だから、日本の戦車の装甲は、長い間七ミリという薄さだった。

ところが、太平洋戦争でアメリカの戦車（M４戦車）と対戦して、様相が一変した。たちまち装甲の薄い日本の戦車は破壊され、逆に、日本戦車の砲は、M４にはじき返されてしまったのである。

そこで、日本陸軍は戦車戦を諦め、歩兵に戦わせることにした。

このこと自体はやむを得ない。ただ、この場合は、歩兵に、戦車に対抗できる兵器を持たせなければならない。誰が考えてもわかることである。

ここで不可解なことは、日本陸軍に、いわゆるバズーカがなかったことである。第二次大戦で強国といわれる軍隊は、全て対戦車砲のバズーカを持っていた。戦車と戦える唯一の歩兵の武器である。アメリカもドイツもロシアも、である。別に難しい機械ではない。火薬の力で砲弾を飛ばすだけの装置である。

だが、日本軍は、歩兵に爆薬を持たせて、戦車に体当たりさせたのである。どう考えても、バズーカを作るより、兵士一人を死なせるほうが安上がりだからとしか、考えようがない。

第二の理由は「戦陣訓」の影響である。

戦陣訓は、日中戦争の長期化で、兵士の気持ちのゆるみを心配した陸軍大臣の東条英機が全軍に示した訓示なのだが、この中の「生きて虜囚の辱めを受けず」のところが絶対化され、とにかく捕虜となりそうになったら、自決せよという命令になってしまったのである。

この戦陣訓は海軍にも影響し、民間人まで縛ることになってしまったのである。そのため、死ななくてもいい人々が死んでいった。時々、太平洋戦争の写真がテレビで映されることがある。サイパン島の戦いで民間人の若い女性が、アメリカ軍に捕まってはいけないと、断崖から海に飛び込んで死ぬ瞬間が映し出されるが、どう考えても死ぬ必要はなかったのである。

また、日本軍が退却する時（転進といっていた）、負傷して動けない兵士は、このままでは捕虜になってしまうというので、軍医が毒薬を与えて飲むように、いった。しかし、それを拒否すると、無理矢理に口に押し込んだり、最後には射殺した。

また、空の英雄といわれた海軍の坂井三郎《さかいさぶろう》は、手記でこんな話をしている。

ゼロ戦では敵地深く攻撃することが多かったから、もし、被弾した場合、パラシュートで脱出することになるのだが、敵地だから捕虜になる可能性が高い。戦陣訓では、捕虜になるなら死ねと教えているから、パラシュートで脱出は無駄だと、そう思ってパラシュートは載せていなかったと。

坂井三郎だけではない。パイロットたちは、被弾するとパラシュートで脱出せず、僚機に手を振りながら自爆している。戦陣訓のせいである。このため、多くの歴戦のパイロットが失われた。

これを特攻に当てはめると、特攻機に脱出装置をつけて、体当たりの寸前、海に投げ出されても、周りは敵艦だらけで捕虜になる可能性が高い。そうなれば、自決するより仕方がないのだから、脱出装置は必要なくなってしまうのである。

この二つの理由によって、特攻は、すなわち十死〇生と同義語になってしまうのだ。そのもっとも典型的な（馬鹿げたといってもいい）特攻が、戦艦大和の出撃だろう。沖縄戦に援軍として、戦艦大和は出撃した。

しかし、戦艦が航空機の攻撃に弱いことは、日本軍がハワイ、マレー沖海戦で証明して見せていたのに、制空、制海ともにアメリカに奪われている時に、大和を出撃させたのである。誰が見ても、自殺出撃である。当然、反対意見が多数だったが、沖縄で若者が、次々に死んでいるのに、海軍は何をしているのかと批判されたため、面子で出撃したのである。驚くよりない。

海上特攻だった。その命令を受けての出撃だった。案の定、途中でアメリカ艦載機の攻撃を受けて沈没。乗組員は、船と運命を共にしなければならない。船長が出撃命令を解除したので、ようやく乗組員は、海に飛び込んで逃げることができたが、乗組員三〇五六人死亡。生存者は二七六人だった。

2

特攻について調べている十津川は、ここにきて旧日本軍の「陸軍刑法」を入手した。

明治時代に制定され、戦後も昭和二十二年まで有効だった陸軍の将兵を律する法律で、海軍も、海軍刑法があり、それによって裁かれることになっている。

この陸軍刑法には、捕虜の規定もちゃんと載っているのだ。

「刀折れ矢つき、糧食も無く抵抗が不可能になった場合は、敵に降伏することも許される」

と、規定しているのである。しかも、その罰則は極めて軽いものである。

これは法律だから、戦陣訓より強い筈だが、太平洋戦争中、この陸軍刑法によって、堂々と捕虜になったケースはほとんどないし、自決を止めたケースもない。

十津川は、この陸軍刑法を読むたびに、今の自衛隊には、どんな法律があるのかが心配になってくる。

きちんと、捕虜についても規定しておかないと、自衛隊も海外での活動が多くなるから心配である。外国でゲリラに捕まる場合も考えられる。日本は恥の文化の国だから、精神的に追い込まれるのではないか。捕虜になっても、堂々としていればいいのだが、どのようなきまりがあるのだろう。

特攻についての問題点は、他にもある。

その一つが軍の上層部が、自分たちが計画し、実行した特攻を、どう考えていたかということである。

海軍の大西中将は「統率の外道」と、いい、同じく終戦時に自決した陸軍大臣の阿南《あなみ》大将は「天皇陛下のお耳を汚す」といって、報告しなかった。

実質的に特攻出撃を命令した基地司令や参謀たちは、責任逃れに「全員志願だった」と主張した。

敗北が決定的になると、軍の上層部は、特攻がヒューマニズムに反するとしてアメリカ軍に責任を取らされ、裁判にかけられるのを恐れて、弁明書を作成しているのである。

その下書きが公表されているが、要するに「特攻は、正式に計画されたものではなく、若い将兵が自ら志願して実行されたもので、止めることができなかった」という弁明だった。

結局、特攻が占領軍（アメリカなど）によって問題にされることもなく、命令者が裁判にかけられることもなかった。

東京裁判は、連合国側が徹底的に日本を裁き、日本側は、ただそれを見守っていた。そのために、いまだに不満が残ってしまっている。

特攻は、どうだったのか。

「作戦としては外道だが、実行した若者は立派で、尊敬できる」

それが人々を納得させる結論になっているが、こんな曖昧な結論はないだろう。

特攻自体が正しいのか、正しくないのかがわからないからだ。

だから、中山修のように、特攻隊員が立派なら、作戦だって立派な筈ではないかという反撥《はんぱつ》になってくる。

それが軍隊の段階になると、より深刻な問題になってくるのだ。十津川は陸、海、空の各自衛隊の幕僚長に、特攻についてきいたことがある。

陸、海の幕僚長は、戦争になっても絶対に特攻は許さないといったが、空の幕僚長は、黙ったまま答えなかった。

自衛隊でも特攻については、意見や見方が、ばらばらだということである。

となると、特攻は日本人全体の問題であり、どんな自衛隊にするかの問題になってくる。

最初、自衛隊が発足した時、アメリカ的な軍隊にするか、日本的な軍隊にするかが問題になった。

それは、特攻を否定する軍隊にするか、肯定する軍隊にするかということでもある。

明治維新で新しい軍隊が創られた。

西南《せいなん》戦争では、サムライの集団である西郷軍に勝利した。が、その報償に不満で反乱を起こしたのが竹橋事件である。

それに衝撃を受けた政府は、さまざまな制約を、軍隊につけることを考えた。二度と竹橋事件を起こさないためである。

その頃、日本は近代国家のあかしとして「憲法」を制定する必要に迫られていた。大日本帝国憲法である。

近代国家の憲法だから、国民の権利や言論の自由を明記する必要がある。しかし、そうなると、軍隊が第二の竹橋事件を起こす危険がある。

そこで、政府は、憲法発布の前に「軍人勅諭」を施行した。「陸海軍軍人に賜りたる勅諭」である。
一、日本の軍隊は天皇の軍隊である。
二、軍人は政治に関係してはならぬ。
この二つが軍人勅諭の柱になっていた。

だが実際には、軍人たちは平気で、政治に介入してきた。

太平洋戦争になると、それがますます激しくなった。

東条陸軍大将は一時、総理大臣、陸軍大臣、参謀総長を兼ねていた。米内海軍大将も同様だ。終戦の時の総理大臣は、海軍大将だった。

軍人勅諭が、最も日本国民、日本の軍人に影響を与えたのは、何気なく入れられた次の一項だった。


「上官の命令は、朕の命令と心得よ」


である。

このため、軍隊は極端な上意下達になった。

上から（中央から）の命令は、すなわち天皇の命令であるから、ただちに実行しなければならないということである。

特攻も例外ではない。特攻の命令は天皇の命令だから、疑うことは許されず、すぐ実行しなければならないことになってしまう。

この項目は次第に拡大解釈されて、銃剣も衣服も、全て天皇陛下から賜ったものだから、それを失《な》くしたり傷つけたりすれば、上官から殴られた。

訓練で飛行機事故を起こしても、天皇に賜った飛行機を壊したという理由で殴られている。上意下達だから、反抗は許されない。

このことが、あのＢＣ級戦犯事件を起こしている。

軍の中央から突然、九州の中隊に命令が来る。Ｂ29が爆撃したが、そのうちの一機が撃墜され、パラシュート降下したアメリカ人パイロット八人を捕虜にした。その八人をただちに処刑せよという命令である。中隊長は、首を傾げながらも、上意下達だから八人を処刑してしまう。戦争が終わり進駐してきたアメリカ軍は、八人のアメリカ人パイロットを殺害した罪で裁判にかけ、死刑の判決を下す。中隊長は、もちろん自分は、中央からの命令に従っただけで、責任はないと主張するが、アメリカ人には通じない。アメリカ人にしてみれば、そんな馬鹿げた命令に、なぜ、従ったのかわからないのだ。

この極端な上意下達、反抗を許さぬ軍人勅諭の教えが、特攻にも影響していることは明らかである。

また、先に挙げた陸軍刑法には、捕虜になることも許されると書かれているが、同時に、次の項目もあるのだ。

「敵を目前にして、命令に反抗する者は死刑」

この項目を守れば、特攻の命令に反抗することは、なかなか難しい。

3

日本の軍隊を支配した上意下達が、ごく短い期間だが、ゆるんだことがある。

大正デモクラシーの時代である。デモクラシーの波が、軍隊の中にも入り込んできて、陸軍の「歩兵操典」（歩兵の義務）には次の項目があった。


「上官の命令に疑いがある時は、その説明を求めることができる」


である。

これこそ、開かれた軍隊の萌芽《ほうが》である。そのまま日本の軍隊に定着していたら、特攻は生まれなかっただろうし、第一、太平洋戦争には突入していなかったろう。

だが、そうはいかなかった。

問題の歩兵操典は、昭和に入ると次のように変わってしまったからである。


「上官の命令は、疑うことなく可及的速やかに実行すべし」

この極端な上意下達の根本には、明らかに軍人勅諭の「上官の命令は、朕の命令と心得よ」の条文がある。

そもそも日本の軍隊は、誰の軍隊であるのか。わが国の軍隊は、天皇の軍隊だと軍人勅諭はいう。

そして、世々、天皇が統率している軍隊だと、軍人勅諭に書かれていて、それを軍人は暗誦した。

しかし、これが正確ではないことは、誰もが知っていた。

鎌倉時代は、源氏の鎌倉幕府が軍隊を統率していたし、江戸時代は、徳川《とくがわ》幕府の軍隊だった。

そのため、その時代は軍隊は一時、鎌倉幕府や徳川幕府に預けておいたのだと説明するが、明らかにこじつけである。

鎌倉時代は百四十八年、江戸時代は二百六十五年も、日本の軍隊は天皇の手から離れていたからだ。

特に明治維新に入る時、これが問題になった。

二百六十五年も徳川幕府が続いたために、時の孝明《こうめい》天皇は、天皇を担いで維新を断行しようとする薩摩《さつま》や長州よりも、徳川を信用していたし、京都で騒乱が起きても、京都守護職の会津藩主の松平容保《まつだいらかたもり》に好意を持っていた。

さらに天皇は、平和に慣れて、戦争には興味がなかったという話もある。

薩長は、天皇を担ぎ上げ、錦の御旗《みはた》で徳川幕府を潰そうと計画していたのに、逆に邪魔になってきた。

その直後、孝明天皇は突然、高熱を発して死亡する。

そうなると、誰もが薩摩の大久保一蔵《おおくぼいちぞう》、後の利通《としみち》と、薩長に通じる公卿《くぎょう》が協力して、邪魔な孝明天皇を毒殺したに違いないと噂した。

薩長は、孝明天皇の代わりに、明治天皇を連れてきた。まだ十四歳である。

そのため、摂政が置かれたが、この摂政は薩長の味方だった。

突然、この摂政の名前で、徳川第十五代将軍慶喜《よしのぶ》追討の勅令が発表された。

しかも、慶喜が大政奉還を発表した直後である。

そのため、この勅令はニセモノではないかといわれた。が、それでも、薩長の連合軍は、強引に菊の御紋章を立てて、京都で幕府軍に戦いを挑んだ。

人数では徳川方が多かったが、銃では薩長のほうが優勢だった。特に長州は、前々から最新式の元込め銃を七千丁も、長崎に住むイギリスの商人から買い込んでいた。

それに対して、徳川幕府軍の銃は、ほとんどが旧式のタネガシマだった。

たちまち幕府軍は敗走して、江戸城明け渡しになっていく。

その後、会津戦争で会津藩が敗走し、薩長主導の明治新政府が完成する。全国民を統合するために、明治天皇を日本国の元首に据えた。さらに、天皇が大元帥として、軍を支配することにした。そして、国際的な戦争、日清戦争を戦って勝利し、さらに日露戦争に突入していくのだ。

続く大正天皇の時には、第一次世界大戦が開始され、その後を継いだ昭和天皇の時には、日中戦争があり、太平洋戦争に入っていく。

その間、天皇は大元帥として、大本営に移動したり、伊勢《いせ》神宮で戦勝を祈願したりしているが、大元帥の天皇が、実戦を指揮したこともないし、戦争中でも和歌を作れば、戦争の歌ではなくて、平和の歌である。

明治天皇は、英雄のイメージで、白馬にまたがって軍を指揮する感じだが、実際は日清戦争、日露戦争のどちらにも反対し、平和を求める歌を作られているのである。

これは、各天皇の個性というよりも、江戸二百六十五年の間に、神道に専念し、戦争とか現実の政治から遠ざかっていたためではないだろうか。

十津川には、不思議にさえ見えるのだが、天皇は、一般の歴史とは別の歴史を生きてこられたのではないかと思う。

昭和天皇が人間宣言をされたといわれるが、よく調べると、このいい方は違うような気がする。

正しくは「自分は、国民が言うような神ではないが、神といわれる天照大神《あまてらすおおみかみ》を始めとする皇祖皇宗の子孫である」ということで、人間宣言とは違うのである。神と呼ばれた皇祖皇宗（歴代の祖先）の子孫だというのだから。

これは不思議な表現である。自分は神のような力はないが、神々の子孫であるという。

天皇家は万世一系という。いろいろ批判はあっても、二千年も延々と続いていることは事実である。

徳川家康《いえやす》が、徳川家も天皇家のように、長く続くことを願い、神道を学んだことは、よく知られている。

鎌倉幕府は三代で姿を消した。

それなのに、なぜ、天皇家は延々と続くのか。

強大な力を持っていた家康でも、天皇家の不思議な力が羨ましかった。家康には、秀《ひで》忠《ただ》という子がいたが、安泰ではない。家康自身、豊臣家を亡《ほろ》ぼして天下を取ったからである。徳川家を打ち負かす武将が出てくれば、天下人は簡単に代わってしまうのである。

もう一つ、家康が羨ましかったのは、天皇家の場合、子が生まれれば、生まれながらにして天皇になることが約束されているということだった。

しかし、将軍家では、生まれた子が、必ずしも生まれながらにして、将軍になることを約束されてはいない。努力して、時にはライバルを打ち負かして、やっと第何代かの将軍になるのである。時には、徳川家を亡ぼすような相手が出てくる可能性もある。

家康は、それも心配して、さまざまに天皇家を研究し、天皇家を見習おうとした。

その一つが徳川家の菩提寺の名前である。

家康は、死ねば、日光の東照社に祭られることはわかっていた。家康自身が指示しているからである。

しかし、天皇が祭られる神社は「宮」と呼ばれていた。伊勢神宮、橿原《かしはら》神宮である。そこで、家康は日光東照社も、日光東照宮にせよと遺言した。少しでも天皇家に近い家系にしたかったからである。

徳川幕府は、家康の遺言を実行するために、京都の朝廷に、日光東照社を日光東照宮に変えろと要求した。朝廷としては、宮という名称は、天皇を祭る神社に限っていうので、いったんは拒否したのだが、最後には、その強い圧力に負けて、徳川将軍は長い間、平和を保つのに功績があったという理由をつけて、日光東照社が、日光東照宮と名乗ることを許可した。

そんなことまでしたのだが、徳川幕府も十五代慶喜で倒れてしまっている。それなのに、天皇家は、今も継続している。

不思議である。

4

沖縄戦における陸軍の航空機による特攻には、振武隊の名がつけられている。

文字通りに読めば、武を振るうことである。

特別攻撃隊にふさわしい名前である。

しかし、振武隊の一部に、問題が起きていたことは、国民には戦後も伝わってこなかった。

陸軍の特攻自体、海軍の神風特別攻撃隊ほど華やかな存在ではなかったこともある。

神風特別攻撃隊のほうは、最初の特攻であり、その一番手である関大尉の敷島隊五機が、アメリカ艦船五隻を撃沈、あるいは大破させるという大戦果を挙げたことで、一躍有名になったのに比べて、これに続いた陸軍の特攻は、最初から損な役回りだった。

最初は、フィリピンのレイテ島に上陸してくるアメリカの艦船が目標だったし、その後も沖縄に押し寄せるアメリカ艦船が目標だったから、陸軍のパイロットとしては不慣れな相手である。

「軍艦と客船の区別もつかない」

と、陸軍のパイロットが、こぼしたこともよく知られている。

海軍は、南九州の鹿屋基地を使い、陸軍も同じく南九州の知覧を使った。

陸軍機も、知覧を出撃すると種子島《たねがしま》、喜界島《きかいじま》を経て、奄美大島まで列島沿いに南下して、沖縄に突入するのだが、海軍のパイロットは海上飛行に慣れているが、陸軍のパイロットは不慣れである。

そのうえ、陸軍の飛行機は、陸地上空の戦闘が目的だから、海軍のゼロ戦のように、航続距離が長くない。

不利な状況下での特攻だが、よくやっていたというべきだろう。

しかし、ここまで考えてきたように、陸軍の振武隊には不利な条件が揃っていた。

それに、Ｂ29による工場の爆撃や機材不足などが加わって、飛行機の故障が多くなった。

パイロットの未熟さもある。何しろパイロットの不足から、十五歳が入学する陸軍少年飛行兵学校を二年で卒業させ、十七歳で特攻に参加させたのである。

当然、沖縄に辿り着くまでに、エンジンなど機体の故障で列島付近の小島に不時着する者も出てくるし、不慣れな海上飛行のため、ルートを間違えて不時着する者も出た。

一方、基地との通信手段は、信頼できないものだった。通信機がアメリカに比べて、はるかに遅れているうえに、機体を軽くするために通信機を載せない場合もあった。

基地で見送る基地司令や参謀、飛行長たちは、連絡が絶えると、突入したものと考え

て、

本日、第××振武隊十二機、沖縄沖のアメリカ機動部隊に突入す。戦果大。

と、発表する。氏名、年齢も発表する。この頃は、特別攻撃隊も国民の戦意高揚に使われていたからである。

第××振部隊の十二機が、本日、突入すと発表したと同時に、十二名のパイロットは神（軍神）であり、二階級特進し、郷里の英雄になる。国民の英雄なので、彼らの笑顔や仔犬と戯れる姿などが公表される。

毎日のように陸、海の特攻が出撃していたから、送る側はルーティンワークになってくる。それが突然、止まってしまっては困るのだ。

次は、本土決戦といわれる状況だった。ただ、特攻が続いている限り、アメリカは苦戦し、日本は負けることはないという想像を、軍の上層部は抱いていた。いや、思おうとしていた。

一方、不時着したパイロットたちは、一刻も早く、基地に戻ろうとしていたが、日本近海さえ、アメリカに制空権、制海権を握られているので、簡単に戻ることができなかった。

半月後、あるいは一ヶ月後になって、やっと漁船で、あるいは日本の潜水艦で帰ってきた。飛行服はボロボロになっていたという。

彼らは、帰れば、よく帰ってきたと歓迎されると思っていた。

何しろ苦労して、基地に帰ったのである。基地司令も参謀たちも両手を広げて迎え、すぐ風呂に入れ、酒を吞《の》め、美味しいものを食えと、いってくれるだろう。

ところが、彼らを迎えたのは、冷たい眼と怒声だった。

特に、特攻の計画を立て、それを指揮した参謀は、

「卑怯者！」

「死ぬのが怖くなって、逃げてきたのか！」

などと、怒鳴って、いきなり殴りつけた。

弁明を許さなかった。命が惜しくなって、事故に見せかけて不時着し、のこのこ帰ってきたと決めつけ振武寮に監禁した。

振武隊事件である。

これは明らかに、特攻の欠点がモロに出ているということだろう。

特に、陸軍に大きく出たということは、特攻の問題点が海軍より、より深刻だったと見るべきなのだ。

もっとはっきりいってしまえば、もともと特攻には無理があった。それを強行したた

めに、傷口が大きくなったと見るべきだ。

特攻の問題点は、それが志願か命令かということである。

海軍の場合は志願としても、きちんと命令書を出している。

最初の特攻といわれる神風特別攻撃隊敷島隊にしても、大西中将がマニラに乗り込んで、関大尉が「やらせて下さい」と、納得していても、きちんと命令書を出している。

大西中将が、猪口《いのぐち》参謀に書かせたものである。

一、現戦局に鑑み、艦上戦闘機二十六機を以って編成す。
本攻撃隊は、これを四隊に区分し、敵機動部隊東方海面出現の場合、これが必殺を期す。成果は水上部隊突入前に、これを期待す。今後、船戦の増強を得次第、編成を拡大の予定。本攻撃隊を神風特別攻撃隊と呼称す。
二、二〇一空司令は、現有兵力を以って体当たり特別攻撃隊を編成し、なるべく十月二十五日までに比島《ひとう》東方海面の敵機動部隊を殲滅《せんめつ》すべし。
司令は、今後の増強兵力を以ってする特別攻撃隊の編成をあらかじめ準備すべし。
三、編成　指揮官　海軍大尉　関行男
四、各隊の名称は、敷島隊、大和隊、朝日《あさひ》隊、山桜《やまざくら》隊とする。

大西中将が、正式に命令書を作成したのは、作戦を変更する場合、大元帥である天皇に報告の義務があったからである。

実際に神風特別攻撃隊が、アメリカ機動部隊に体当たり攻撃した後、その戦果を軍令部長と米内海軍大臣が、天皇に報告している。

終戦の時、大西中将が責任を取って自決し、第五航艦司令長官宇垣《うがき》中将が、玉音放送の後、特攻出撃をして亡くなったのも、特攻が命令であるためだったということができる。

自分たちの命令によって、多くの若者が死んでいるのだから、その責任を取るのは当然と考えたのだろう。

その点、陸軍の場合は、少しばかり事情が違っている。

陸軍部内でも、特攻は作戦の変更だから、正式に天皇に報告すべきだという意見があった。それを止めたのは、阿南陸軍大臣である。

彼は多分、天皇の名前で十死〇生の命令を出すことになるのはまずいと考えたのだろう。「陛下の御徳を汚すようなことはできない」として、特攻について天皇に奏上しなかった。

従って、陸軍には、特攻作戦は存在しないのである。ということは、全てが志願ということになる。志願で各自が今までの作戦を無視して、体当たりしたということである。

戦後、軍上層部は、全て志願で押し通した。特攻が作戦ではなかったからである。しかし、こういう体質が振武隊事件を引き起こした。

当然である。

志願なら、途中で気が変わっても構わないことになる。

そのうえ、特別攻撃隊自体が存在していないわけだから、特攻出撃しても別の方法で国に尽くしたいと考えて引き返しても、いいことになってしまう。

海軍のように特攻作戦を正式に出し、命令書も出しておけば、こんな問題は生まれない。

それ以前の問題は、特攻を計画し、実行させる司令官や参謀たちの気持ちだろう。

海軍にも、飛行機の故障によって途中で不時着し、基地に帰ってきたケースはあった。が、陸軍の振武隊事件のようなものは起きず、よく帰ってきたと歓迎されている。特攻戦死として天皇に報告し、命令書も出ている。上司が「命が惜しくなって、事故に見せかけて不時着したのではないか」と、疑うことが少なかったからだろう。

その点、陸軍は、天皇に正式に報告していないし、正式の特攻作戦というものが無かったので、上層部が、まず疑ってしまったのだ。

陸軍全体から見ると、特攻は日陰者という感じのこともあったのではないか。もともと陸軍では、航空の時代になっても、歩兵主力の考えが残っていたから、上層部には、特攻隊員を疑う空気があったのではないか。

命令ではなく、全て志願という、いささか無理な建前だから、どうしても隊長の中には、途中で精神的に弱い、脱落者が出るのではないかという先入観もあったと思う。疑心暗鬼である。

現実に、特攻で突入した筈の隊員が、ボロボロの恰好で帰ってくると、やっぱりかと激怒し、頭から、命が惜しくて逃げてきたと決めつけたに違いない。

中山修の祖父は振武隊事件の被害者で、自尊心を傷つけられ、ひどい目に遭ったという。

十津川が今回、特攻について、何冊かの本を読み、資料を調べた後の結論はこうである。

特攻は、もともと無理な作戦なのだ。中山修の祖父の悲劇は、その無理が、たまたま顕在化したものに違いない。

終章　二人に捧げる

1

十津川が特攻について調べて考えて、最大の、というより唯一の疑問は、
「人間が人間に対して、死ねと命令することが許されるか」
である。
答えは一つしかない。
許される筈がない。
形を変えた殺人だからだ。
唯一、殺人犯を裁判にかけ、国家が死刑の判決を下す場合があるが、それでも多くの

国が、死刑を廃止している。

それなのに、太平洋戦争で日本は、航空、水上、水中とさまざまな特攻を実行し、五千人の若者が、それに殉じたのである。

それを命じた人々、志願なら、それを認めた人たちは、どんな気持ちだったのか。

背後に国家を背負っているとはいえ、自分と同じ人間に死を命じたのである。あるいは、死ぬ人間を止めなかったのである。

毎日、翌日の特攻隊員を選び、その名前を書いて貼り出していた筈である。その時、平気だったのか。命令する自分も、死んでいく隊員も同じ人間だから、これは不自然だと思わなかったのか。

命令する時だけではない。離陸していく特攻機を見送る時、あるいは、決別の盃を交わす時、これはおかしい、自分に、その資格はないと考えなかったのだろうか。悩まなかったのだろうか。

2

特攻隊員のほうは、どうだったのだろうか。

戦争中、若き特攻隊員たちは、悩むこともなく、喜んで敵艦に体当たりしたといわれていた。

新聞には、隊員たちの笑顔ばかりが載っていた。

悩んでいる顔も、悲しむ顔も、特攻隊員たちにはふさわしくないとばかりに、笑顔、笑顔である。今から考えれば、いかにも不自然である。

数時間後か数日後に、死ぬ特攻隊員たちである。笑顔ばかりの筈がないのである。

最近になって、特攻隊員たちの本当の姿が、少しばかり明らかになってきた。

彼らが死ぬことを、自分に納得させるためにいかに苦しんだかもわかってきた。

二十代が多く、時には十七歳、十津川が調べたところでは、十六歳もいた。

人生の四分の一もいかないのである。前途に、さまざまな夢や希望が待っているのだ。

悩むなというのが無理である。それは平和な時でも、戦争の最中でも変わりはしない。

そんな若者たちが、どうやって自分を納得させて出撃していったのか。

何かにすがって自分を説得させたか。

自分に出撃命令を出した司令官や参謀たちや飛行長の名前や言葉を書き残した隊員は、皆無に近い。

自分たちと同じ人間が、何を約束しても信じないのは、当たり前である。

お前たちは、死ねば天国に行けると、司令官たちがいっても、隊員たちが信じないのは当然だ。

では、特攻隊員たちは、誰を信じ、誰の言葉を信じていたのか。

それは、自分たちを超越したもの、すなわち神である。

人間が同じ人間に対して、死ねと命令することはできない。唯一、できる者がいるとすれば、それは神である。

日本には、やたらに神がいる。しかし、神社の奥に坐《ざ》して、動かない神には、すがることはできない。答えてもくれない人形のような神では、特に戦争中のように明日をも知れぬ日常では、何かの助けにもならない。

そんな絶望の日常の中で唯《ただ》ひとつ、信じられる神がいるとすれば、それは天皇だった筈である。

戦争中、天皇は現人神《あらひとがみ》だった。

これは、あくまでも戦争中の天皇は、現人神だったろうと、理屈で考えるので、戦後生まれの十津川は、その実感があるわけではない。

しかし、天皇は神だった。現人神だった。

だからこそ、二・二六事件の時、昭和維新を目指した若い将校たちは、たった一人の天皇に賭けて決起した。それは、天皇が人間であると同時に、神、現人神だと信じたからだろう。

天皇は、いつから神となったのだろうか？

現人神に、なぜ、いつからなったのだろうか？

天照大神は、神話の中の神であり、現人神ではない。現世の人間が、神としてすがれる存在ではない。

歴史上の天皇で、はじめて神と呼ばれたのは天武《てんむ》天皇だろう。六〇〇年代の天皇で、兄の天智《てんじ》天皇と美人の万葉歌人、額田王《ぬかたのおおきみ》の愛を奪い合ったことで有名である。

兄の代では、天智天皇も大海人皇子《おおあまのおうじ》（後の天武天皇）も、神とは呼ばれていない。

その後、兄弟の仲は悪くなり、危険を感じた大海人皇子は吉野《よしの》に隠れた。天智は、自分の息子の大友皇子《おおとものおうじ》を後継者に決めて、亡くなった。

そうなると、朝廷が自分を警戒するようになるだろう。再び危険を感じた大海人皇子は、機先を制して吉野を出て、朝廷に戦いを挑んだ。

勢力的には、朝廷側が圧倒的に有利だったが、大海人皇子の機転と勇気によって勝利し、大友皇子は自殺した。

この壬申《じんしん》の乱に勝利した大海人皇子は、飛鳥宮《あすかのみや》に入って即位し、天武天皇になった。

その鮮やかな勝ちっぷりに、民衆は感嘆し、天武天皇を神聖視するようになった。

万葉集に「壬申の乱の鎮まりし後の歌」として、

「大君《おおきみ》は神にしませば」と歌う二首が載っている。

天武は、さらに新しい都を造り、そこに移ったことで神としての威厳は、より強くなった。

律令制度を作り、天皇を名乗るようになった。それまでは、天皇は「大君」と呼ばれていたのである。

また、天武の頃から「倭国《わこく》」を「日本」と呼ぶようになった。

中国の皇帝は、動かぬ北辰として、天皇と呼ばれるのだが、天武の時から、日本では太陽の輝く、日本の王という意味にしたのである。

これらは全て、天皇を神とする作業だった。

そのためには、歴史的な王朝神話が必要である。稗田阿礼《ひえだのあれ》という二十八歳の舎人《とねり》に命じて、天照大神を祖とし、天武に到る王朝神話を作り上げた。

「古事記」である。

さらに、歴史書も作ることにして、天武の勅令で国史の編集も始めた。これは「日本書紀」になる。

これで、神話からも歴史からも、天武は日本国の天皇になり、神になったのである。

天武を神にするための作業は、他の面でも始められた。

その典型が、宮中における儀式だった。

伝統的な収穫祭の新嘗祭《にいなめさい》に、儀礼的な要素を加えた大嘗祭《おおなめさい》を新しく設けたり、大極殿《だいごくでん》の一角を臣下の入れない天皇の独占的な空間にして、天皇の権威を高めたりした。

そのために、型を変えた儀式もある。例えば、天皇が即位した時、群臣が拝礼して拍手するのだが、その拍手は儀礼的なものだった。

それを、神前でする、神に対する拍手に変えたのである。以後、元旦にも同じ意味の拍手が行われることになり、天皇を神にする儀式が定着した。

現在、宮中で同じ意味の新嘗祭と大嘗祭が行われるのは、その名残だろう。

3

天武と、次の持統《じとう》(天武の后《きさき》)の二代にわたって、天皇の神格化が行われたが、真の神となるには、次の三つが必要である。

王朝神話
政治的な権力
カリスマ性

この三つが揃って、初めて天皇は国民の神になるのである。

しかし、その後、鎌倉幕府、徳川幕府が権力を握ると、天皇を神にする三条件は消えてしまった。

特に、江戸時代の二百六十五年は、徳川が意識的に天皇家から権力を取り上げたため、天皇の地位は儀礼的なものになり、神ではなくなった。

しかし、天皇に代わって、徳川が神になったわけではなかった。

政治権力は手に入れた。

が、後の二つがついてこなかった。

王朝神話とカリスマ性である。

わずか二百六十五年では、徳川神話は生まれなかった。

また、名君は生まれても、カリスマ性は身につかなかった。

そして、明治維新。

新政府を構成する薩長などの出身政治家は、徳川幕府を倒したものの、全国民から自分たちが、信頼されていないことに気がついた。

それどころか、徳川幕府を武力で倒してしまったために、大きな敵を作ってしまったことに気がついたのである。

例えば、会津藩が和解を求めてきたのに、新政府軍は、それを拒否して叩きのめし、その上、北の僻地《へきち》に追い払った。そのため、今に到るも、会津の人々は長州人を許せず、絶対に仲良くならないという。

つまり、実際には維新といいながら、権力が徳川から薩長に移っただけだったと気づいたのだろう。

江戸時代のように、鎖国なら、それでも何とかなったが、これからは開国であり、世界と戦わなければならないのである。

となれば、会津など旧藩の人々も、ともに認めるものが必要になってくる。

薩摩藩主、長州藩主は、その藩の中では、その役目を果たせたかも知れないが、日本全国では、その力はない。

そこで、注目したのが天皇の存在だったということになる。

この時は孝明天皇だが、困ったことに孝明天皇は、薩長よりも徳川を信頼していた。当然である。二百六十五年間、日本の政治を預かっていたのは、徳川幕府だからである。

そこで邪魔になった孝明天皇を廃し、代わりに担いだのが明治天皇である。この時、まだ十四歳。いわば子供だから、摂政を置く必要があった。

薩長は、この摂政制度を悪用した。大政奉還が実現した日に、薩長は摂政の名で徳川幕府追討の詔勅を出したのである。そのため、大政奉還で戦争なしに、権力の移譲が期待されたのに、戦争になってしまったのである。

天皇を利用して、明治維新はでき上がったのだが、その後、薩長が主力の政治は難しかった。

国としての中心がずれてしまったからである。どうしても薩長が中心となり、外された人々の不満が生まれたからだ。

天皇を日本の中心に据えるためには、前にも考えた通り、天武、持統の時の三要素が必要だった。

王朝神話（皇国史観）

政治的権力（権威）

カリスマ性
の三つである。

これは、神話を作ることでもある。ところが、明治の日本は近代国家として、世界中の国家とつき合わなければならなかった。

近代国家と神話は、どう考えても一致しない。それに、近代国家としては、憲法を作る必要があった。

Constitution である。

近代国家で、これがない国家は存在しない。

明治政府は、世界の仲間入りをするためには、憲法を作る必要を感じていた。が、その憲法で天皇は神であるとか、日本は神の国であるとは書けない。全てを法律に則《のっと》って行うのが、近代国家だったからである。

しかし、そんな近代憲法を公布したら、天皇の神話は消えて、中心ではなくなってしまう。

何よりも政府が恐れたのは、軍隊の反乱だった。彼ら自身が武力で徳川幕府を倒し、政権を奪取し、それを正当だとしていたからである。それなら、他の勢力が武力を使って、今の薩長政府を倒しても許されることになってしまうからである。

そこで、政府は、一八八九年に憲法を制定する前、一八八二年に慌てて、軍人勅諭を発表したのである。

勅諭は憲法ではないから、自由に作れる。

冒頭に「我国の軍隊は世々天皇の統率し給《たも》ふ所にぞある」と書いた。

天皇の軍隊だから、勝手に動かすなということである。

天皇の軍隊だから、天皇の命令によって動くと決めたのである。これが統帥権である。

また、軍人勅諭の中で「軍人は政治に介入するな」とも書いたが、これは噴飯ものだった。軍人が、どんどん政治に介入していったからである。東条陸軍大将などは、総理大臣、陸軍大臣、陸軍参謀本部長を兼ねていた。

十津川は軍人勅諭を読んで、やはり気になる所があった。

「上官の命を承ること実は直《ただち》に朕が命を承る義なりと心得よ」

という条文である。

これは、どう考えても不可解である。

士官が兵士に向かって、あの捕虜を殺せと命じたとすると、それは、天皇が命じたことになるのか。だとしたら、捕虜殺害の責任は、天皇の責任になってしまうのか。

これだけでなく、あらゆる面で、天皇の名で兵士を縛ろうとした。そうすれば、上官の責任なしに、兵士を罰することができるからである。

銃から靴下まで、飛行機も軍艦も、天皇に賜りたる物とした。そのため、何を失くしても罰することができた。

乗っている戦闘機が故障して不時着しても、天皇から賜った飛行機を故障させたとして、責任を取って自殺した操縦士もいたのである。

一八九〇年、大日本帝国憲法が発布された。

その第一章には「大日本帝国ハ万世一系ノ天皇之《これ》ヲ統治ス」と記し、第四条でも「天皇ハ国ノ元首ニシテ統治権ヲ総攬《そうらん》シ」と書いている。

神国という言葉は、どこにもない。近代憲法だから当然である。

さらに、国際的にも通用するものにするため、第五条では「天皇ハ帝国議会ノ協賛ヲ以《もっ》テ立法権ヲ行フ」とし、第三七条では「凡《すべ》テ法律ハ帝国議会ノ協賛ヲ経ルヲ要ス」と書いた。

これは全て、近代憲法の精神に一致しているのだが、そのため、現人神の精神からどんどん離れてしまう。

これでは困ると、政府が危機感を持ったのだと思う。

江戸の封建時代から突然、民主主義の時代に突入してしまった日本。

その上、さまざまな主義、思想が入ってきた。社会主義、共産主義、無政府主義、そして、大正デモクラシー。

帝国主義の波。

隣国清《しん》は、西欧によって植民地化されていく。

政府は、大きな危機感に襲われたに違いない。

必死で軍備を増強する。問題は精神である。そして、国民の意思を集中させる神である。

歴史的に見ても、それは天皇しかない。

軍人勅諭で、天皇中心の軍隊を強調した。それ以外に軍隊を精神的に強くする方法が見つからなかったのだ。

「教育勅語」も同じである。

これも全面、皇国史観である。日本は神々の国であり、二千六百年の不滅の歴史を持つ。その中心に万世一系の天皇がいる。文部省は天皇、皇后の御真影を小学校に配り、奉安殿に納めて、生徒に拝礼させた。

天皇を現人神にする以外に、国民を一致させる方法は見つからなかったのだろう。

はたして、それに成功したかどうかわからないうちに、日本は太平洋戦争に突入した。

展開する日本の軍隊は、皇軍、つまり天皇の軍隊であることが強調された。

日本神話に出てくる「八紘一宇《はっこういちう》」の精神は、アジアの植民地を解放するのだと主張した。

占領地には、天照大神を祭る神社を建て、キリスト教徒の現地人に礼拝させた。

対外的には失敗だったと思う。

天皇も神国も皇軍も、日本国の、日本人の、日本の軍隊統合の力になっても、日本国内だけに通用する問題だからである。

問題は、これが特攻とどう関係したかだった。

それは、すなわち特攻隊員にとって、天皇がどんな存在だったかということである。

十津川は、人間が人間に対して死ねというのは間違っている。人間にその資格はないと思っている。

それを唯一、許されるのは神である。

もちろん特攻隊員が、相手を神と認めなければならない。

はたして特攻隊員は、天皇を神と見ていたのだろうか。

そこで、十津川は「天皇」という言葉が出てくる特攻隊員の遺書を探した。

これが多いのである。

そのことに、十津川は、驚いた。

「私ハ此度《このたび》皇国ノ為　立派ニ死ヌ機会ヲ得マシタ。敵米英ヲ撃滅シ、皇国ノ安泰ヲ護《まも》ル為ニ喜ンデ死ンデイキマス」

「私ハ大君ノ御為　太平洋ノ防波堤トナリ死ニマス。武人ノ名誉之ニ過グルモノナシデス」

「軍人タリ股肱《ここう》トシテ　大君ノ御為　散レルコソ日本国ニ生ヲ享《う》ケタル甲斐アルト言エヨウ。而《しこう》シテ身命ヲ大君ニ捧グルハ　日本臣民ノ大義大道ナリ。又、軍人ノ本分ナリ。天皇陛下万歳」

三通とも、十八歳から二十一歳の若い特攻隊員の遺書にあった言葉である。

若者らしく、肩肘張った、つたない文章だが、精一杯主張している感じもあって、嘘を書いているとは思えなかった。

「天皇陛下万歳
大君の為何か惜しまん若桜
散って甲斐ある命なりせば」
「天皇陛下の万歳を唱え
軍国の繁栄を祈りつつ」
「予ハ昭和十八年十二月軍隊ニ入営ス。ソノ日ヨリ大元帥陛下ニ捧ゲ奉レル身ナルヲ知ル」
「神国日本万歳
大日本帝国万歳
皇軍戦闘隊万歳」
「皇国の大事の時始めて　御奉公出来る事を嬉しく存じ居《お》ります。
唯大君の御為清く散って行きます」

「おそれ多くも陛下の御尊顔を拝察申し上ぐ時、何もかも忘れ、一刻も早く仇敵撃滅の一念なり」

「義は山岳よりも重く、死は鴻毛より軽しと
天皇陛下万歳
皇国万歳
父上様母上様に幸あれ」

遺書に眼を通していくと、天皇に触れたものが多い。いや、ほとんどが天皇に触れている。

命令した上官の名前など全く触れていない。上官のためには死ねないが、天皇のためなら死ねると、訴えているのだ。

その時、天皇という存在が、特攻隊員に死を納得させるだけの大きなものになっていた。

特攻隊員の眼には、間違いなく神だったのだと思う。

生きている現人神である。

特攻隊員が、自分の眼で天皇を見た時、どう見えたのだろうか。

陸軍航空士官学校を二番の成績で卒業し、昭和十九年十二月二十一日、フィリピンのミンドロ島付近の海上で特攻死した操縦士が、士官学校の卒業式の日、昭和天皇を間近に見た時のことを、こう日記に記している。

「昭和十九年三月二十日　月曜日　曇
大元帥陛下　御尊顔を仰ぎ奉り光栄ある卒業式挙行せられる。朝方雲低きを見て、空中分列の可否を論じ、飽《あ》く迄《まで》強行せんと張切りありしも、〇八〇〇（午前八時）頃より小雨次《つい》で相当の降雨となり、雨天の様式により執行を決定。
本部前に奉迎す。畏《かしこ》きこと乍《なが》ら御龍顔頼母《たのも》しく思召《おぼしめ》されるが微笑を浮ばせ給《たま》える如《ごと》く拝し感涙に咽《むせ》ぶ。
先《ま》ず一一〇〇（午前十一時）より馬場等出物の天覧剣術昼食を控室にて了之　一三〇〇（午後一時）より、御前講演、畏くもうなずき給い聞召《きこしめ》す。尊き御姿を拝し感激おく能《あた》わず。
御民吾《みたみわ》れ　生ける験《しるし》あり　天地《あめつち》の
　栄ゆる時に遇《あ》えらく念《おも》えば
皇国大飛躍の時、本校を卒業して、愈〻《いよいよ》第一線にご奉公し得る身の幸福 限無《かぎりな》し。式も無事終えた一六〇〇（午後四時）より父兄と面接す。

少尉の軍服にて御迎えすれば、母は『よくやってくれました』と涙を流されたり。父亦《また》『もう死んでもいい』と。些《いささ》か親孝行にもなりたるかと嬉しき極み。然《しか》し乍ら屢《しばしば》次の御訓示にもあるごとく、之より其《そ》の実力の養成。励まんかな」

この時、ともに卒業式に参加した同級生は、次のように記している。

「大講堂の一つ、大屋根の下に陛下と共にあるという光栄を、感激に身も心もしびれる思いであった。やがて講演が始まったが、心すでに羽化登仙し、その内容は全く耳に入らなかった。暫時の経過があって、いささか我を取り戻すとともに、畏れ多いと思いつつも、ご尊顔を拝して再び電撃のような感激を覚えた。それは龍顔とも敬い崇《あが》める色白の陛下のお顔が、候補生の講演の節目節目にお頷きあそばされるのを拝したからである。それまで、はるか彼方の遠い存在とさえ感じていた天皇陛下を、この時ほど身近く、親しくお慕いできたことは、誠に大いなる感激であった。『朕が股肱』を実感した時であった」

十津川は、この二つの日記を読んだ時、正直、感動した。羨ましくもあった。
この二人は、この時、十九歳である。間もなく大人になる年齢、二人には神、そして、現人神が存在したのである。

本当に人間なのだ。神などではないと否定するのはやさしい。が、そうなったところで、ただ、寂しいだけではないか。

多くの特攻隊員が、死と向かい合った時、誰も救いにはならない。ただ、現人神の天皇がいたのだ。

天皇だけが、救いを期待できる価値があった。

だから、多くの特攻隊員は、遺書に天皇と書いた。現人神の天皇である。

特攻隊員は、どこに死の意義を認めようとしたのだろうか。

敵艦めがけて突っ込んでも、外れて海中に沈んでしまうかもしれないし、対空砲火で撃墜されるかもしれない。

見事に敵艦に体当たりできても、その瞬間に死んでしまうのだ。

とすれば、誰のために死ねるかということになる。

その相手が一人もいなかったら、これほどの不幸はないだろう。あまりにも悲しいではないか。

その点、天皇という存在があって、正直、幸いだったと思う。しかも、ただの偉大な人間ではなく、神だったのだから。

十津川は、特攻はなかったほうがいいと思う。

必要なかったとも思う。

若者たちの死は、必要なかったのだ。

もっといえば、戦争する必要はなかった。

だが、戦争は始まってしまい、特攻で多くの若者が死んだ。

そんな中で、特攻隊員たちが死ぬ意味を持つことができたのは、唯一の救いである。

遺書を再読すると、特攻隊員たちが必死で、自分のことを、天皇に訴えているようでもある。

十津川は、最後に中山の祖父の遺書を読んでみた。知覧の平和会館に、飾られてはいない。特攻で死んではいないからだ。

しかし、いったん特攻死したと思われたので、遺書が知覧基地に納められ、今もそのままになっていた。

短い遺書で、最後は次の二行になっていた。

「大君の為何惜しからん若桜
天皇陛下万歳　行って参ります」

4

十津川は、調べたことと、それについての感想と、菊地文彦が殺された事件の推理を書いて、中山修に送った。

返事は来なかった。

一週間後、中山修が、中央線沿線のマンションの一室で死体で発見された。

自殺だった。

祖父の写真があった。

解説

山前　譲

大学生の頃、名著として知られるエーリッヒ・フロム『愛するということ』を手にしたのは、何もタイトルに興味を抱いたからではない。語学の授業のテキストに指定されたからである。

したがって、学期末の試験が終わった瞬間、まったく脳裏から内容は消え去ってしまったのだが、そのタイトルはさすがに印象づけられていた。今あらためてその目次を見ると、社会と人間関係のさまざまな営みのなかで育まれてきた愛について論じた一書であることを知る。

二〇二〇年十月に集英社より書き下ろし刊行されたこの西村京太郎氏の長編は、まずタイトルに驚かされるに違いない。『私を愛して下さい』は数多い西村作品のなかでもとりわけ異彩を放っているはずだ。まったくミステリー的な要素を含んでいない。恋愛小説なのだろうか？

しかし、まぎれもなくお馴染《なじ》みの十津川警部シリーズの一冊なのだ。ミステリーとしてメインとなる事件は東京で起こっている。そこから岩手、宮城、そして鹿児島と、南北に離れた地点を結んで展開されていく捜査行の妙味もたっぷりである。ミステリー的には動機探しであり、十津川と犯人が対峙《たいじ》しての緊張感漂うラストの展開もまた異色と言えるかもしれない。

しかし、やはり一番強く引き込まれてしまうのは、タイトルに謳《うた》われている「愛」なのだ。現代とはまったく異なる社会状況のなかで、まさに愛するということを描いているのが本作だからである。

京王井の頭線新代田駅に近いマンションの一室で、ナイフでめった刺しにされた男性の死体が発見された。被害者は旅行作家の菊地文彦である。一一〇番してきた元妻の本多まさみによれば、一緒に本を出すことになっていたという。そして彼女によれば、菊地は東日本大震災の跡を探しに宮古へ行ったらしい。早速、十津川警部と亀井刑事、そしてまさみの三人は北へと旅立つのだった。

かつては観光客で賑《にぎ》わっていた浄土ヶ浜のホテルを、菊地が訪れていた。フロント係に、近くの姫川村のことを尋ねたという。震災で被害を受けたというその小さな村で三人は、細かく砕かれた石碑を発見する。

そこに見て取れた家紋を頼りに、仙台市内の郷土史家の野々村から話を聞くと、姫川村に関するある情報を得た。戦時中、姫川村の村長の娘のセツが三浦広之という海軍士官と結婚したのだが、その三浦大尉は昭和二十年三月に特攻で死んだというのだ。野々村は菊地にもその話をしたという。十津川らはすぐ、三浦大尉が出撃した鹿児島県の大隅《おおすみ》半島にある鹿屋航空基地へと飛ぶ。そこで、夫が出撃したのと同じ日に、セツが生まれたばかりの子供と心中したことを知るのだった……。

一九四一（昭和十六）年十二月のハワイ・真珠湾への電撃的な攻撃に端を発し、一九四五年八月に日本が無条件降伏を受け入れるまでつづいた、太平洋戦争（大東亜戦争）を背景にした西村作品が目立ちはじめたのは、二〇一四年に刊行された『十津川警部　七十年後の殺人』以後だろうか。それはサイパン島での戦争秘話が事件に関係していた。

つづいて、『沖縄から愛をこめて』、『暗号名は「金沢」　十津川警部「幻の歴史」に挑む』、『十津川警部　八月十四日夜の殺人』、あるいは『「ななつ星」極秘作戦』といった長編が次々と書かれていった。集英社文庫にも『十津川警部　特急「しまかぜ」で行く十五歳の伊勢神宮』がある。戦争中、学徒動員で伊勢神宮を守る任務についていた野々村が、七十年ぶりにそこを訪れて、事件に遭遇する。そして生死紙一重だった空襲という鮮烈な体験を振り返ることになる。

一連の戦争関係の作品でたびたびテーマとなっていたのが特攻、特別攻撃隊だ。

特攻隊員として戦地へ赴いた青年と世間から身を隠して生きてきた元特攻隊員の老人との関係を追う『郷里松島への長き旅路』、陸軍が開発した幻の特攻機「キ－一一五剣」

の開発秘話が興味をそそる『北陸新幹線ダブルの日』、九十三歳になる元海軍航空隊中尉の小暮義男が扼殺《やくさつ》された事件から特攻の実相に迫る『東京と金沢の間』、連続殺人事件の捜査のために特攻の基地として知られる鹿児島・知覧へと十津川が向かっている『知覧と指宿《いぶすき》枕崎線の間』、爆撃機「銀河」による特攻と岩手の人気観光列車の不思議な関係を描く『SL銀河よ飛べ!!』、練習機の「白菊」まで特攻に駆り出された痛々しい事実と高知の観光特急での殺人事件が結ばれていく『特急「志国土佐　時代《トキ》の夜明けのものがたり」での殺人』などの長編がある。

特別攻撃隊の「特別」には究極的とも言うべき意味がある。一九四四年十月、フィリピンで最初に編成された海軍の神風《しんぷう》特別攻撃隊は、爆弾を抱えた零戦が敵艦に体当たりしたのである。最初から死が想定されている作戦だった。

開戦当初、東南アジアまで広く展開した日本軍は勝利に沸いた。しかし、一九四二年六月のミッドウェー海戦を大きなターニングポイントとして、国民には知らされることがなかったが、敗北への坂道を転がり落ちていくのである。南方から迫る戦力の豊富な連合国軍にたいしてなすすべもなく全滅した日本軍は、「玉砕」としてその実像がぼかされた。そしてついに決行されたのが、特攻という理不尽な作戦なのだ。

これに反対した指揮官もいたようだが、やがて九州を中心として日本本土から多くの特攻機が出撃することになる。海軍航空隊だけでも特攻による戦死者は二千五百人余りを数えている。そのほとんどが十代後半から二十代の若者だった。

一九四五年四月に東京陸軍幼年学校に入学した西村氏は、二〇一七年八月に刊行した『十五歳の戦争　陸軍幼年学校「最後の生徒」』（集英社新書）で、この特攻を含めた太平洋戦争への認識を語っている。

入学時に十四歳だった西村氏は戦地に立つことはなかったが、幼年学校で米軍の戦闘機の銃撃やＢ29の空襲を経験している。空襲では七人の生徒と三人の教師が亡くなったという。そして本土決戦を覚悟したころ、終戦を迎えたのである。

終戦から七十年ほど経《た》ち、日本人のなかでその記憶が薄れてしまった時、西村氏には語り継ぐべきことがあると思ったのだ。その貴重な一冊のなかで特攻についてはこう書かれている。

昭和十九年十月、日本海軍航空隊が特攻作戦に踏み切り、陸軍航空隊も続いて、特攻を実行した。航空特攻であり、他の特攻も含めて、終戦まで、特攻作戦は、実行され続けた。

その善悪は別にして、問題は第二次大戦で、特攻を実行したのは日本だけだということである。他の国の軍隊、アメリカ、イギリス、中国、ソビエトはもちろん、ドイツも、イタリアも、勝者、敗者共に、特攻は、実行していない。

簡単にいえば、日本と他の国とは、別の戦争を戦っていたということである。他の国は、その年代に合った現代戦を戦っていたのに、日本は、他の次元の戦いをしていたということである。

戦闘機の訓練に携わっていた三浦大尉は、教え子を特攻に送り出していた。そして三浦大尉もついに鹿屋から沖縄へと出撃したのだ。十津川警部はその出撃と、三浦夫妻の「愛」について疑問を抱くのだ。はたして真実はどこに？　いつもながらの執念の捜査がつづくのである。

現在は紀伊國屋書店から鈴木晶《しょう》氏の訳で刊行されているエーリッヒ・フロム『愛するということ』は、一九五六年に著された。それまでの人間関係の分析だけではなく、現代社会にも通じる論を展開している。本当の愛は人間を孤独から救い出す唯一の方法だというが、この『私を愛して下さい』での戦時中の三浦夫妻の関係からも、それは納得できるだろう。ただ歪《ゆが》んだ愛は殺意を招くこともある。特攻をめぐる異色の謎解きが胸に迫ってくるに違いない。

（やままえ・ゆずる　推理小説研究家）

本書は、二〇二〇年十月、書き下ろし作品として集英社より刊行されました。

*この作品はフィクションであり、実在の個人・団体・事件などとは、一切関係ありません。（編集部）

西村京太郎の本

十津川警部　雪とタンチョウと釧網本線

行方不明だった親友の恋人が記憶喪失の状態で発見された。十津川警部は人気のＳＬが走る釧網本線に乗り、連続殺人の真相を追う！　北海道と東京を結ぶ長編旅情ミステリー。

西村京太郎の本

けものたちの祝宴

金欲しさに社長の女に接近した矢崎。だが自分の愛人が殺され、復讐を誓う……。色と欲にまみれた悪党たちの中で、最後に生き残るのは一体誰か？　スリリングな異色ミステリー！

西村京太郎の本

十津川警部　九州観光列車の罠

十津川警部の相棒である亀井刑事に総理大臣夫人殺害容疑が！　その上、息子まで誘拐される。亀井に突如として訪れた窮地に、十津川警部は奔走するが……。傑作旅情ミステリー。

西村京太郎の本

東京上空500メートルの罠

東京遊覧中の飛行船がハイジャックされた！十津川警部は、飛行船爆破を予告し乗客七人の身代金を要求する凶悪犯との息詰まる交渉に挑むが……。「空」での死闘を描く衝撃作。

西村京太郎の本

十津川警部　坂本龍馬と十津川郷士中井庄五郎

梶本文也は、十津川郷士・中井についての日記を残して殺害された。坂本龍馬を警固した中井の存在が、現代の殺意を煽ったのか!?　十津川警部が幕末の謎に挑む旅情ミステリー。

集英社文庫

集英社文庫

私《わたし》を愛《あい》して下《くだ》さい

2022年 4月30日　第1刷　　定価はカバーに表示してあります。

著　者　西村京太郎《にしむらきょうたろう》

発行者　徳永　真

発行所　株式会社 集英社
東京都千代田区一ツ橋2-5-10　〒101-8050
電話【編集部】03-3230-6095
【読者係】03-3230-6080
【販売部】03-3230-6393(書店専用)

印　刷　大日本印刷株式会社

製　本　大日本印刷株式会社

フォーマットデザイン　アリヤマデザインストア　　マークデザイン　居山浩二

ISBN978-4-08-744373-8 C0193